# 春水向东流

孟学祥　著

北京日报出版社

图书在版编目（CIP）数据

春水向东流 / 孟学祥著 . —北京：北京日报出版
社，2023.12
ISBN 978-7-5477-4670-7

Ⅰ.①春… Ⅱ.①孟… Ⅲ.①短篇小说—小说集—中
国—当代 Ⅳ.①I247.7

中国国家版本馆 CIP 数据核字（2023）第 156195 号

## 春水向东流

出版发行：北京日报出版社
地　　址：北京市东城区东单三条 8–16 号东方广场东配楼四层
邮　　编：100005
电　　话：发行部：（010）65255876
　　　　　总编室：（010）65252135
印　　刷：三河市中晟雅豪印务有限公司
经　　销：各地新华书店
版　　次：2023 年 12 月第 1 版
　　　　　2023 年 12 月第 1 次印刷
开　　本：710 毫米 × 1000 毫米　1/16
印　　张：12.75
字　　数：180 千字
定　　价：59.80 元

# 目　录

# 清扬刀

## 一

突破白军包围圈，冯清扬遇到了搜山的保安团。保安团看冯清扬只是乳臭未干的娃娃，又是孤身一人，不把他放在眼里，他们挡住他的去路，要生擒他去甘溪场领赏。

挥刀砍杀过后，冯清扬冲入树林，血红的夕阳在西面山尖上将落未落。

林子是片小林子，在断崖边上。冯清扬逃进林子，保安团围在林子外。眼见天色暗了下来，团兵在林子外又叫又骂，不断往林子放枪。

冯清扬躲在一块大石头后，身靠崖壁，大口大口喘着粗气。肚子在刚才的搏斗中被砍了一刀，刀口很长，从肚脐眼一直延伸到右腰，有血汩汩从伤口流出。刀锋锲入身体，砍破棉衣，破开柔软的皮肉。冯清扬靠着石头，见不远处长着几棵止血藤。他一边注视林子外的动静，一边挪动身子，将止血藤扯下，放到口中嚼了嚼，压在伤口上。做完这一切，他解下绑腿，裹住仍在冒血的伤口。伤口钻心地疼，血水渗透绑腿，染红了他身后的石壁。冯清扬的身体在发抖，他右腰最下边的两根肋骨断裂了。

围在林子外的保安团还不知道冯清扬受伤，也不清楚林子内除了冯清扬，是否还藏着其他红军。团总指挥团兵往林子放枪，督促团兵往林子进攻。团兵们畏惧不前，谁也不敢贸然出击。副团总提议，林子里无路可退，里面的人已成落进陷阱的困兽。先围住林子，摸清情况再一鼓作气冲进去抓人。

保安团不进攻，冯清扬也出不去。仔细观察，他悲哀地发现，林子是一块绝地，只有一条出路，就是他刚才进来的地方。他身旁不远处是断崖，断崖下隐隐传来河水流动的声音。他靠着的石头边是一壁高大陡峭的悬崖，悬崖如刀削，抬头望不见顶。冯清扬即使不受伤，也无法攀越上去。

饥饿加上伤痛，冯清扬很虚弱，大颗大颗汗珠从头上冒出。稍一活动，伤口就钻心地疼。

保安团围住林子，耗着冯清扬等待天黑。冯清扬边包扎伤口边想对策，伤口虽不在要害，但伤得很重，是不可能再杀出生路了。

包扎好伤口，冯清扬耗尽了全部力气，他的左腿也受伤了。冯清扬用手摸了摸，左腿的伤在后部，屁股往下一点的地方，刀口很深，几乎伤到骨头，伤口处皮肉翻开，在往外流血。冯清扬顾不上包扎腿上伤口，从口里吐出残留的止血藤口液，胡乱涂抹在伤口上。

处理好伤口，冯清扬靠着石壁深吸了一口气，把刀拿到胸前，用手轻抚刀面，刀上留有还没凝固的血迹，光影像流动的露珠闪耀在刀刃上。冯清扬用刀拄地上，试图站直身子，刚站起来，又疼地坐了下去。他索性坐到地上，一手拖刀，一手撑地，慢慢往断崖边挪去。

天越来越黑，崖下流水的声音越来越清晰。保安团向林子进攻，有组织地摸入林子。影影绰绰，从不同方向，猛扑向冯清扬刚才藏身的那块大石头。

冯清扬将刀扔下断崖，闭上眼睛，腾身扑向崖下。

# 二

　　红军走了，追赶红军的湘军也走了，昨天还打得不可开交的两支队伍，突然间就从甘溪场一带消失了。

　　罗家寨砍柴人罗廷栋，一大早就来到黑滩河谷。

　　钻进林子的罗廷栋，柴还没有砍到，一眼看到了一小条红布。红布很小，颜色不再鲜艳。红布斜飘在一丛密实的荆棘上，若隐若现。罗廷栋好奇地走过去，伸手去够红布，抓住红布一拉，拉出了沾满血迹的刀把。

　　一把大刀从荆棘中被扯出，锋芒刺激罗廷栋的眼睛。罗廷栋仿佛被烫着，缩回手，刀从荆棘蓬滚落地上。罗廷栋下意识后退身子，警觉地四处查看。风吹动树叶沙沙响，两只松鼠在不远处的树上跳来跳去。一棵挨着一棵的树擎着高大的树冠，遮盖着树下的灌木丛和荆棘。罗廷栋很害怕，如芒在背，身体紧张，双脚发抖。风撼动树林，在他四周搅起阵阵恐惧，树冠、灌木或荆棘丛，仿佛深藏着许多眼睛，在盯着他的一举一动。

　　除了大刀，罗廷栋在荆棘周围不再看到别的物件。

　　罗廷栋把刀拿在手上，刀身冷气森森，刃口上结着几滴露珠，在阳光照射下，露珠仿佛不停地流动，流淌出让人不寒而栗的凉意。刀是好刀，长三尺有余，刀头宽而厚，刃薄而利，铁铸的刀把与刀盘浑然一体，刀腰刻着标识，刀把后一圆环系着红布，看上去更加美观协调。刀很沉，罗廷栋手和心都感到沉甸甸的压力。这是一把红军刀，只有红军使用的大刀，刀把上才会系着红布条。前几天路过罗家寨的红军队伍，背着各种各样的刀，刀把清一色系着红布条。罗廷栋把刀拿到光线明亮的地方，刀上沾满的暗红色血迹，阴森地刺激罗廷栋的神经。罗廷栋把刀丢到地上，紧张地再向四周巡视一圈，俯下身子又把刀捡了起来。几只鸟在树丛间飞来飞去，鸣叫的声音特别清晰，有阳光从树尖漏下，少部分漏到地上，很大一部分直射在不远处的崖头上。罗廷栋抬头看向崖上，一缕一缕的阳光，投射下来，几棵长在崖壁上的羸弱小树，在随风晃荡。一只翱翔的鹰，一忽而飞上高空，一忽而插进山谷。鹰在山谷上来回绕了几圈，最后收紧翅膀，站立到崖顶一棵高大的岩杉树上，树粗大的枝干远远跨过断崖，伸向黑滩河谷。

罗廷栋不识字，看不懂刀面上的字，更分不清是铁匠铺的名号还是持刀人的印。不知道这把刀出自哪家铁匠铺，是谁把刀丢弃在这么偏僻的地方。罗廷栋眯眼观察刀锋，阳光照射在刀锋上，锋利的刀刃闪耀着让人不寒而栗的青光。罗廷栋掂了掂刀的重量，随手挥起砍向身旁一棵差不多手腕粗的小树，树被拦腰砍断。好刀！罗廷栋在心里叫了一声。罗廷栋又挥刀砍向一棵比手腕粗的竹子，竹子也被拦腰斩断。

罗廷栋一下子就喜欢上这把刀了，刀刃锋利，使起来得心应手。罗廷栋决定把刀带回家，但不是现在。红军刚刚过去，湖南来的军队、保安团、甘溪乡公所民团如蝼蚁蝗虫，密集进入各村各寨搜捕散失的红军。特别是保安团，打着搜捕红军的旗号，入户翻箱倒柜，大肆抢劫财物。财物被抢还不能阻止，阻止就被安上通共罪名，胆敢反抗立马就被枪杀。见红抓人，见红杀人，谈红色变，人人自危。家里搜出红布者，不问青红皂白就将人抓去关押，花大价钱保释，才得以保住性命。家穷无钱保释者，先是进行一通非人折磨，折磨够了再被当成通红分子处死。

罗廷栋扯来一把树叶，擦拭刀刃上的血迹。血迹已凝固，擦拭几次都没能擦掉。罗廷栋扔掉树叶，顺带扯掉刀把上破旧的红布，拿着刀走向不远处的崖下。崖下荆棘丛中有一隐蔽山洞，罗廷栋要将刀藏进山洞，风声平静再来取回。

罗廷栋向崖下走去，穿过几排灌木，赫然看见了靠在崖壁上的冯清扬。冯清扬浑身是血，全身上下找不出一块好地方。

冯清扬很幸运，从断崖上滚下，被崖壁上的一棵小树接住，没有落地。冯清扬滚下断崖，围攻他的保安团涌到崖口，胡乱往崖下放枪，丢了一些石块，见没有动静，闹哄哄离开了林子。月亮出来，冯清扬看清了自己所在位置，离崖下还有很高距离。从崖底到他所在地方，长出很多树。冯清扬积蓄力气，攀着那些从崖壁长出的树，一步一步挪到地面。下到地上，冯清扬也失去了力气，靠着崖壁不知不觉就睡着了。

冯清扬是被鸟叫声吵醒的，醒来看到拿着刀站在他面前的罗廷栋，也一眼就认出了罗廷栋手上的刀。冯清扬很紧张，不知道这个拿着他大刀的人是敌是友，是福星还是祸害。冯清扬手上拿着一根木棒，那是他看到罗廷栋第一眼，条件反射从地上抓到的。饥饿、寒冷加上伤痛，冯清扬连挥起木棒的力气都没有了。罗廷栋盯着冯清扬，冯清扬也盯着罗廷栋，谁也不说话。冯清扬闭上了眼睛，他想，来吧，就让我死在自己的刀下。一念到此，冯清扬放下木棒，内心瞬间平静下来，伤口也不再那么疼痛了。这样的死，对于冯清扬来说，算是此生的最高礼遇了。

冯清扬希望的死没有到来，再睁开眼睛，见罗廷栋还在原地盯着他看。

罗廷栋问冯清扬："你是人是鬼？"罗廷栋表情很紧张。冯清扬想笑，想努力表现出亲和样。冯清扬笑不出来，嘴一张开就牵扯出全身钻心的疼痛。冯清扬倒吸一口凉气，无奈地说："我是人啊。"罗廷栋又问："你从哪里来？"冯清扬说："被人追杀，从上边跳下来。"罗廷栋下意识看了一眼高高的悬崖，流露出不相信的神情。

冯清扬说："下来时被树卡住，没有落到下面，是从树那里慢慢爬下来的。"罗廷栋说："你是红军。"冯清扬重新抓住木棒拄在地上，慢慢站起身子。冯清扬贴紧崖壁，尽量让身体站得笔直。

冯清扬盯着罗廷栋拿着的刀说:"那是我的刀。"

罗廷栋看了看刀,又看了看冯清扬,说:"我是在那边刺蓬上捡的。"

冯清扬说:"昨晚我从上面扔下来的。"

罗廷栋说:"一把好刀,为什么要扔?"

冯清扬说:"确实是好刀,我做铁匠时给自己打的出师刀,用的都是好钢好铁。你看,上面还刻有我的名字。冯清扬,冯家寨的冯,清水江的清,铁花飞扬的扬。我家就住在清水江边的冯家寨,我爹是冯家寨最好的铁匠。我八岁学打铁,十四岁出师。"

冯清扬喘了口气,继续说:"刀是好刀,我用它砍了好多白狗子。后来我拿不动刀,也跑不动了。从上面跳下来,我就把刀也从上面扔下来了,我不能让白狗子拿着我的刀去杀好人。"

冯清扬说话,罗廷栋看着冯清扬,冯清扬说到刀,罗廷栋又看刀。末了冯清扬说:"你捡到,刀就归你,我拿着也没用了。求你一件事,用这把刀杀死我吧,我不怪你。反正我也活不长了,白狗子四处在抓红军杀红军,落在他们手里我更是死。我不想死在他们刀下,我要死在我的刀下,求你用这把刀把我杀死,不要让我落在白狗子手上。"

罗廷栋下意识后退一步,说:"我与你无冤无仇,为哪样要杀你。刀是你的,我还给你,就当我没见过你,也没捡到你的刀。"罗廷栋放下刀,准备转身离去。

冯清扬叫住罗廷栋:"你不能走,你走了我怎么办?不杀我你就得救我,你走了,我留在这里也是死路一条,还不如你杀死我。"

罗廷栋说:"我不杀你,我也不能救你,保安团到处抓你们红军,救你我也会死。"说完,罗廷栋想赶快离开。冯清扬再次叫住他:"大叔,你不能见死不救,你帮帮我,给我找点吃的,从昨天到现在,我都没吃过东西了。我的伤不算重,我的力气都是饿跑的。我晓得药,你给我东西吃,吃饱我有力气,就可以去找药来把伤治好,伤好我就去找红军。"

罗廷栋说:"我没有吃的。"

冯清扬说:"我不白吃你东西,我用刀换。刀是好刀,你不吃亏。我养好身体,找到红军,杀了白狗子,再回来报答你。"

罗廷栋摇了摇头说:"我帮不了你,我还有老婆娃儿要养,我不能把全家人的命断送在你手上。"

说完罗廷栋转身离开,转眼就没入了树丛。冯清扬挪动身体,趋前把罗廷栋放在地上的刀紧紧抓在手上。

冯清扬拖着刀回到崖壁下,刚靠着崖壁,罗廷栋又从树丛钻了出来。罗廷栋径直走向冯清扬,手上抓着几个猕猴桃,对冯清扬说:"看你还是个娃儿,造孽得很。这个天,山里也没有哪样可吃的,只找到几个这个,你先垫垫肚。我不能带你回家,你先在这边山洞躲起,我回家帮你送点吃的来。"

三

住进山洞,吃了罗廷栋带来的食物,冯清扬体力得到了恢复。冯清扬自己寻找草药治伤,儿时父亲教他认的治伤草药,出洞口不远就能找到。

十月的黑滩河畔,已是晚秋,大地渐进衰败。深深的河谷,森林依旧丰富多彩,树叶将谢未谢,鸟鸣缠绵悱恻,动物嘶叫和鸣。冯清扬将寻来的草药捣碎敷治伤口,伤口慢慢好了起来。身体恢复起来的冯清扬,迫切想要走出山谷,迫切想回归红军队伍。

罗廷栋带来消息,红军北上瓮安,在瓮安渡过乌江,一路往北去了。从湖南过来的军队也离开石阡,追着红军的脚步北上了。四处搜抓散失红军的保安团、乡公所民团,借机发了一笔横财,也龟缩进石阡县城和甘溪场,不再下乡来搜捕了。

罗廷栋把冯清扬带回罗家寨，罗廷栋对冯清扬说："从现在起你不再是冯清扬，是罗清成，是我姐的儿子，也是我的养子，从思南塘头过来的。"

冯清扬在罗廷栋家养伤，帮助罗廷栋干一些力所能及的农活。认罗廷栋夫妇为干爹干娘，与罗廷栋三个女儿以兄妹相称。

伤一天天好起来，冯清扬回归红军队伍的念头也越来越迫切。冯清扬暗暗做着离开的准备，他要离开罗家寨，要去追赶红军队伍。

冯清扬帮罗廷栋砍柴卖，往山上走的路边，冯清扬看到了红军留下的一些标语。标语用油漆写在路边的大石头上，经风雨侵蚀，没了刚写上去时的光泽。但看上去还很清晰，仿佛红军才从此经过，前行的脚步声才刚刚远去。

冯清扬问罗廷栋，晓不晓得经过这里的红军是哪一支部队。他希望找出他所在红军部队的蛛丝马迹。

罗廷栋看出了冯清扬的心思，他带冯清扬去到一处山坡，拉开一些树枝荆棘，冯清扬看到了二十多个有着新鲜泥土的坟茔。坟茔不大，隐蔽在茂密的树林中，坟茔上还盖着树枝和荆棘。不是罗廷栋带路，冯清扬根本找不到。罗廷栋告诉冯清扬，泥土下埋着的是被打死在山上的红军。打死他们的军队离开后，族长叫来寨上人，把尸体抬进树林进行掩埋。

罗廷栋说，造孽得很，身体下连块木板都没垫，我们穷人家也没有这么多木板，只好垫些树枝，尽量让他们睡舒坦。他们年纪跟你差不多大，有一个还帮我挑过水，扛过柴。

冯清扬不知道躺在坟茔下的这些人中有没有他的战友。他问罗廷栋，知不知道埋在土里的人都是谁，罗廷栋说不知道。罗廷栋说，打死他们的军队把有用的东西都拿走了，除身上穿的衣服，他们一无所有。

冯清扬沉默下来，他在这些算不上坟茔的土堆前挨个跪下，心中很悲壮。他试图去拉开被树枝遮盖的另外一些坟茔，罗廷栋不让他拉，罗廷栋说，没有棺木装，光是泥巴盖，怕野狗野猫来挖刨，才用树枝、刺蓬盖起来。

跪拜结束，冯清扬从罗廷栋手里要来柴刀，砍来树枝，厚厚地覆盖在这些坟茔上。

冯清扬跟罗廷栋挑柴上甘溪场卖，卖掉柴后他离开罗廷栋，一个人去逛集。冯清扬一边逛集，一边留意红军的消息。甘溪集市上也有很多红军留下的宣传标语，标语让他感觉特别亲切。冯清扬很想知道红军的去向，却不敢胡乱找人打听。他往人多的地方挤，希望从人们的交谈中听到一星半点红军的信息。

冯清扬的小九九，被罗廷栋看在眼里。罗廷栋喜欢冯清扬，舍不得冯清扬离开，他想让冯清扬忘掉曾是红军的经历，真心实意留下来，融入他的家庭，融入现在的生活。冯清扬的莽撞让罗廷栋很担心，他害怕冯清扬的四处寻找被人发现，由此给他和家人带来灾祸。罗廷栋又不愿看到冯清扬伤心、难过，纠结中，他一天到晚提心吊胆，不知道该怎么办。

冯清扬在一个夜晚离开了罗家寨，他没有告诉罗廷栋他要往哪里去。冯清扬没有带走那把刻着他名字的大刀，他身上唯一值钱的就是这把刀了，他留下刀，用刀补偿罗廷栋的救命之恩。冯清扬没有地方可去，他沿着红军留下的标语一路前行。按他的想法，有标语出现的地方，就一定能找到红军的队伍。

冯清扬再次迷路了。红军在甘溪一带留下的标语太多了，山路边、村寨里，只要是人走过的地方，都能看到。标语带着他绕来绕去，最后他不知绕到了哪个地方。冯清扬不见后，罗廷栋背着冯清扬的大刀，顺着红军留下的标语追了五天，才在梁家寨追到冯清扬。罗廷栋说："你这么瞎走乱撞，不光找不到红军，迟早还会被保安团抓起，你活不成，我们家也要跟着遭罪。"

罗廷栋劝冯清扬死掉寻找红军的心，他说："红军到哪点都不晓得，你到哪点找？这么多队伍追着打，还有天上飞机追着轰炸，红军还剩不剩都没哪个晓得……"

冯清扬不允许别人说红军不在的话，哪怕是他的救命恩人罗廷栋都不行。罗廷栋的话还没说完，就被他急赤白脸地打断。冯清扬说："红军队伍肯定还在。红军队伍里个个都是好汉，都是些打不垮也打不死的人。"

罗廷栋不想跟冯清扬纠缠，他跟冯清扬摊牌。他让冯清扬考虑，要么跟他回罗家寨，踏踏实实做他的干儿子，等他老了为他养老送终。要么就走得远远的，把刀也带走，不要把刀留在他家成祸害。

冯清扬低着头不说话。见冯清扬犹豫，罗廷栋说："花妹还没有许人家，留下来，我把花妹嫁给你。"

罗廷栋十三岁的大女儿罗花妹喜欢冯清扬，这个情窦初开的女孩，自从冯清扬住进她家，一颗心就放在了冯清扬身上。罗廷栋夫妇看出了女儿的心思，也有意思想成全女儿，留住冯清扬给他们养老送终。

罗廷栋放下背篓，解开背篓里的包裹，包裹里不光有冯清扬的大刀，还有一双布鞋。罗廷栋把布鞋塞到冯清扬手上说："花妹送你的，她晓得你要走，连夜做了这双鞋，让我赶着送来给你。穿上吧，不要辜负她的心意。红军走的路没有尽头，没有鞋，你跟不上红军队伍。"

冯清扬接过鞋子，怔怔站了好一会儿。有眼泪从他眼眶溢出，他也不去擦，任凭泪水一个劲地流。

好久好久，冯清扬抹了一把脸上的泪，将鞋插到腰上，跪到罗廷栋面前，对罗廷栋说："爹，我跟你回家。"

三天后，风尘仆仆的冯清扬和罗廷栋回到了罗家寨。在家门口翘首盼望的罗花妹，看到冯清扬，不顾家人在场，扑过去抱住冯清扬就放声大哭。罗廷栋从冯清扬背上取下背篓，招呼家人进屋，留下两个年轻人的身影在屋檐下，被西下的夕阳无限拉长。

冯清扬不再是罗廷栋的干儿子，成了罗家的入赘女婿，正式以罗清成的名字面世。成亲头一天，冯清扬找了个没人的地方，抱着心爱的大刀流了好久的泪，正式把刀交给罗花妹，叫罗花妹找地方把刀藏起来。

交出刀，交出了冯清扬的名字，也交出了冯清扬寻找红军的决心。此后世间不再有红军战士冯清扬，只有罗家寨的普通农人罗清成。

## 四

罗清成在罗家寨落了根。和罗花妹成家的第二天，罗清成跟罗花妹说他想再看看刀。罗花妹说交给爹藏了。罗清成去问罗廷栋，刀藏在什么地方，罗廷栋说藏在一个很安全的地方。

罗清成说他想再看看刀，罗廷栋不让他看。罗廷栋说："你和花妹的日子刚开始，还有好多事要做，不要再去想刀了。放心，我会保管得好好的，用得上时，刀自然会回到你手上。好好待花妹，把日子过好。"

罗清成惦记刀，罗廷栋不让他看，他不放心罗清成，怕罗清成看到刀，又勾起寻找红军的念头。罗廷栋不让看刀，罗清成很失望，此后也不再提看刀的事。

罗廷栋陪伴罗清成，去密林中祭拜那些红军坟。从东往西数到第六个坟面前，罗廷栋叫罗清成多烧了一些纸钱。他对罗清成说："这个红军对我有恩，他帮我挑过水打过柴，以后要是日子好起来，就给他做一副棺木，找一块风水宝地，将他重新安葬。"

罗廷栋举全家之力，支持罗清成在罗家寨开铁匠铺。罗清成告诉罗廷栋，他打的每把刀都用"清扬"为刀印。罗廷栋不乐意，不准罗清成用"清扬"为刀印。

罗廷栋认为，罗清成用"清扬"为刀印，是在念念不忘过去的身份和名字。他要彻底断掉罗清成这个念头，让罗清成安下心来好好过日子。

罗廷栋说，不要再想"清扬"，"清扬"已死黑滩河谷，罗家寨已无"清扬"。提到黑滩河谷，罗廷栋加重了语气。他要罗清成明白，他是给予罗清成第二次生命的人。没有他在黑滩河谷出手施救，就不会有活着的罗清成。罗清成要想继续活下去，就不能再有其他想法，更不能再变回冯清扬。

罗清成和罗廷栋在铁匠铺争吵起来，两个都是犟脾气，都不肯让步，都想说服对方。闻讯赶来的罗花妹劝住罗清成，让罗清成先冷静。劝好罗清成，罗花妹把罗廷栋拉回家，在家和母亲一起规劝罗廷栋。

饭桌上，罗廷栋见到罗清成还板着脸，就对他说，依你，就用"清扬"做刀印。

罗清成打出的"清扬"刀，一上世就引起了轰动。"清扬"刀轻面薄，刃如秋霜，吹毛利刃，经久耐用，剁骨如砍瓜切菜。

罗清成打刀，罗廷栋和罗花妹卖刀。每次挑刀去甘溪场赶集，不到半天工夫，出售的刀具都被抢得精光。在甘溪场没有买到"清扬"刀具的人家，跟着罗廷栋和罗花妹，追到罗家寨，守着罗清成把刀具打出来。石阡县城和一百多公里外思南县城的所有酒楼，也不嫌路远，派人到罗家寨，采购"清扬"刀具供后厨使用。

罗花妹为罗清成生下一个儿子，两个女儿。儿子罗富国长到六岁，开始跟父亲罗清成学打铁。

罗富国第一次听说家里藏有一把红军大刀，是爷爷罗廷栋酒醉说出来的，爷爷酒醒，罗富国再去问，爷爷不承认了。爷爷酒醉时说，红军用过的大刀，刻着红军名字，削铁如泥，锋利无刀能比。

开始罗富国不相信，以为是爷爷吹牛，后来，听到外边也有传言，爷爷曾捡过一把红军大刀。传言那把大刀锋利无比，削铁如泥，刀面刻印"清扬"，跟他们罗家铁匠铺打出的刀一个印名。

罗富国多次问罗清成，家里是不是藏有一把削铁如泥的大刀。每次罗清成都说没有。罗富国又带着这个问题去问母亲罗花妹，罗花妹也说没有。每次回答过后，罗花妹还很警觉地问罗富国，是谁告诉他，他们家藏得有刀。

罗富国不讲是谁说的，只说是听人讲，很多人都说是爷爷上山砍柴碰到，捡回家藏起来了。

罗富国找机会跟罗廷栋去赶甘溪场，卖完刀，他请爷爷喝酒，再次向爷爷求证红军刀的事。罗廷栋很警觉，否认捡到过红军大刀，还叫他不要相信那些传言。爷爷说，过去红军的东西，哪个敢要。刻有红军名字的刀，更是不敢碰，拿回家被抓到是要杀头的。

父母和爷爷都信誓旦旦，罗富国仍半信半疑，他不死心，要在家里找刀，把刀找出来，看看刀是不是像外人传的那样神奇。刻着红军的名字，锋芒毕露，削铁如泥。

罗富国还没开始找刀，罗廷栋就先去世了。罗廷栋在家门口跌一跤，家人看到扶起来，他已不能说话。临死，罗廷栋拉着罗清成和罗花妹的手，想说什么，却没有说出来。

罗廷栋去世后第三年，解放军来到了罗家寨。了解到解放军就是当年的红军，罗清成的心一下子就活了，他要把刀找出来，带着刀去跟解放军说自己的事情。

晚饭时间，罗清成要罗富国陪他喝酒。喝下第三碗酒，罗清成有了醉意。放下酒碗，罗清成对罗富国说："以前你不是常问，我们家是不是藏得有一把削铁如泥的大刀？现在我就告诉你，有这把刀，是我用的，刀上刻有我的名字，冯清扬。我就是使用这把刀的红军战士冯清扬。"

罗富国很惊愕。这个他一直喊"爹"的最亲近的男人，突然间就在他眼前陌生了。他以为罗清成在说醉话，喊了一声"爹"，想提醒他。罗清成不让他说话。

罗清成说："我晓得你不相信，不相信就问你娘。"说完，不等罗富国向罗花妹求证，罗清成就醉倒在饭桌上，打起了轻微的鼾声。

罗清成、罗花妹和罗富国，把屋子里里外外翻了个遍，都没有翻到刻有"冯清扬"名字的大刀。

没有找到刀，罗富国失望，罗清成更失望。罗花妹跟罗清成道歉，罗清成说不怪她，这都是命。随后，罗清成去铁匠铺，把风炉拉得呼呼吹，炉火烧得通红，铁水烧得哧啦啦响。跟过来的罗花妹说："要不，我帮你去跟解放军讲，说你以前是红军。"

罗清成一边抡起锤子打铁，一边对罗花妹说："红军是冯清扬，不是罗清成，冯清扬被白狗子杀了，活着的是铁匠罗清成。"

活不成冯清扬，罗清成内心反而平静了。此后他不再想刀，也不再想自己的身份，一心一意带着儿子罗富国打铁，打远近闻名的"清扬"刀具。

罗富国叫父亲再打一把削铁如泥的大刀，打出来刻上"冯清扬"的名字。罗清成听了儿子的话，只是笑笑。他告诉儿子，刀不能复制，名字更不能复制。"冯清扬"的刀是红军用过的英雄刀，铁匠罗清成打出的刀，再怎么形似，烙印"清扬"也只是一把普通的刀。

罗富国问罗清成，现在的"清扬"刀具为什么不能削铁如泥？罗清成说，"清扬"刀已足够锋利，砍瓜切菜、断骨抽筋绰绰有余。厨用的刀具，不需要削铁如泥。

十六岁的罗富国要出师了，他想为自己打一把削铁如泥的刀。罗清成这次不再阻止，他停下来，注视着面前抡大锤的儿子。儿子比他高一个头，身体强壮，手臂肌肉鼓突，嘴边泛着青青胡茬，十足的男子汉。罗清成想，是该让儿子自己打刀了。

罗清成说："我帮你打出一把削铁如泥的菜刀，还要刻上你的名字。"

罗富国不想打菜刀，他只想打大刀。他说，菜刀削铁如泥也只是砍瓜切菜，大刀削铁如泥才能砍下敌人的脑袋。刀打出来，他要学冯清扬，背上"富国"刀去当兵。

罗清成怔了怔，放下锤子说，现今和平年代，大刀已无人再使用。当兵守边保疆，也不会再使用大刀了。

罗富国看了一眼父亲，使劲抢开大锤，狠狠砸在通红的铁块上。边砸边说："不是大刀，削铁如泥有什么用。"

罗富国当兵走了，他没有打成刻上自己名字的大刀。罗富国走后不久，罗清成因疾病缠身不再打铁，"清扬"刀也从市面上消失了。

若干年后，甘溪烈士墓园建成，葬在罗家寨树林中的红军烈士，要迁往烈士墓园统一安葬。看坟人罗富国带人给红军烈士迁坟，在从东往西的第六所坟茔里，挖出了一把锈迹斑斑的大刀。罗富国把刀拿到阳光下，小心翼翼擦净泥土，辨认出"清扬"两个锈迹模糊的字印。

# 哨　卡

赶到青杠坡去阻击红军的是一大队人马，但是下午，大队人马又全部撤走了，可靠消息是红军不走青杠坡，改走马家岩了。保长兼纳料保安大队长王达雷带着队伍撤离青杠坡时，在哨卡上留下了儿子王天禹和六个保丁。王达雷对王天禹说：

"红军都是一些不好惹的家伙，万一他们来到青杠坡，千万不要向他们开枪，把他们放过去，悄悄跟着他们，把他们送过纳料地界就没我们的事了。"

王达雷带着队伍走了，留在青杠坡的就只有八个人，除了王天禹和六个保丁，另外一个就是为他们做饭的王三木。王三木是哑巴，半个多月前讨饭来到纳料，王天禹的母亲收留他，让他在王家做了下人，并给他取名王三木。这次王三木跟随王天禹上青杠坡，名是为保安队做饭，实是按照王母的安排，上山来照顾王天禹。

大队伍一走，青杠坡一下子就冷寂了。已到了十一月，虽有太阳照着，天气却不是很热，青杠坡最高的山峰云堆山投下的一块阴影，正正地罩在垭口边的哨卡上，风从垭口下的山谷吹过来，带来了冬天的寒意。王天禹和几个保丁都很年轻，还不到二十三岁，没经过什么阵仗，手上虽端着枪，心里却没多少主心骨，大队伍一走，就有些慌乱了。

设在云堆山和羊角山之间的青杠坡哨卡，在两座高高的山峰夹峙下，显得有些阴森恐怖。一条东西向的小路，从两山的夹缝间穿过。哨卡的东边正对着南北走向的一个大峡谷，站在哨卡上，峡谷一览无余，峡谷里有任何风吹草动都看得清清楚楚。哨卡往西是一条细长一直望不到头的山谷，山谷仅容一条小路通过，有些地方小路甚至贴着峭壁，如果不是走过去，是看不到那里会有路通过的。

王达雷带着队伍顺着小路往西走了，消失了。王天禹吩咐留下的保丁把垭口两堵围墙间的厚重木门关上，用门杠从里面顶上，把留下的保丁分成三个班到围墙上的哨位上去放哨，以一炷香的燃烧时间为一个班次。安排好这些，王天禹回到了哨卡唯一的一间屋子里，王三木已在屋子里唯一的一张床上铺上了新鲜的干草，旁边的地上也被王三木用新鲜的干草铺成了一张大大的地铺。岗哨布置好了，床铺好了，天也晚了，王三木开始烧火做饭。

饭做好了，王三木打手势告诉王天禹，他去围墙上放哨，替换放哨的两个保丁下来吃饭，王天禹同意了。王三木向围墙上走去时，王天禹把两个放哨的保丁叫了下来。

王天禹和保丁们围在一起吃饭，菜锅放在地上，饭锅也放在地上，菜锅里煮的是腊肉和干豆腐。七个人围成一圈坐着，没有人说话，气氛有些压抑。

两个放哨的保丁很快吃完了，他们一边抹嘴一边向各自的哨位走去。王三木下来的时候，只有王天禹还在吃。王天禹吃得很慢。太阳红红的，落到了云堆山的后边。时不时地有一阵凉风吹来，哨卡西面的山谷迅速黑了下来，接着东面坡脚下的峡谷也黑了。不值班放哨的保丁们已经躺到了屋里的地铺上，有人甚至打起了鼾声。不一会儿，王天禹放下碗站起了身，吃饭的地方就只剩下王三木一个人蹲着了。

王天禹走上左边的哨位，问放哨的保丁：

"有情况吗？"

保丁说："没有。"

王天禹说：

"要随时睁大眼睛，红军都是些狡猾又不要命的人，阻止不了他们，我们也不要被他们算计了。"

王天禹来到右边的哨位，向在右边哨位执守的保丁说了同样的话。

王天禹走下哨位，王三木已经把碗筷收拾好了，他没有进屋去睡，而是坐在门前的一块石头上，这些石头都是前人修整供路人坐着休息的，分列在路的两边。王三木不抽烟，就这么干坐着，目光对着黑黢黢的大山。房间里点着马灯，灯光调到了最小，有鼾声从门里传出来。月光洒在房门前的空地上，一半洒进了屋子里。月光下，王三木的背影清清楚楚，他背对屋子坐着，看到王天禹，王三木站起来，手上拿着一件衣服，示意王天禹披上。风从山谷下刮过来，王天禹感到了一丝冷意。

王天禹接过衣服披在身上，打手势叫王三木进屋去睡。王三木也用手势告诉王天禹，他还不困，他想再坐一会儿。没有睡意的王天禹不再说话，来到王三木身边坐了下来。王三木欠起身子，想给王天禹让座。王三木屁股刚抬起来，身子就被王天禹按坐下去了。王天禹坐到王三木旁边的石头上。坐下后王天禹说：

"红军都是些什么人？为什么要大老远跑到我们这边山窝窝来？"

王天禹看了一眼王三木，看到王三木只是盯着不远处的山影看，仿佛没有听到他说话，才想起王三木是哑巴，耳朵还有些背。王天禹心中苦笑了一下，索性也顺着王三木的目光，看向那些黢黑的山影。

月亮向着山边斜落，苍白而宁静的光影里，山谷越来越暴露出长久的阴森和黑暗，在两山的挤压下，哨卡变成了一条窄窄的阴影。王三木站起来，扯着王天禹，要拉他到屋里去睡。王天禹推开王三木，用手势告诉他自己还不想去睡。王三木看了看天，看了看远处的阴影，示意王天禹天冷了，要他进屋。王天禹摇了摇头，说他不冷。

王天禹打手势问王三木，问他怕不怕红军。

王三木也用手势告诉王天禹，他不怕，他一无所有，红军就是抓了他，也不会为难他。

王三木看着王天禹，王天禹的脸隐在阴影里。从王三木坐着的地方看过去，王天禹的脸方大颧高，鼻直嘴厚，下巴有力，完全是一个成年人的轮廓。王三木很清楚，王天禹其实还是一个孩子，二十一岁不到，还是贪玩的年龄。

王三木的内心很紧张。王达雷带着大队伍走的时候，他跑到王达雷面前一通比画，希望王达雷把王天禹带走，不要让王天禹留在青杠坡。明白了他的意思后，王达雷告诉他，王天禹必须留在青杠坡，不能跟着队伍走，王三木也要留在青杠坡，帮王天禹他们做饭。

王三木盯着不远处那两堵连着山脚峭壁的围墙，盯着围墙中间那扇厚重的木门，如果红军真的从这里打过来，那两堵围墙和那扇木门估计也是起不了什么作用的。他担心王天禹，他怕王天禹年轻气盛，不听他爹王达雷的话，红军来了，不管三七二十一就向红军开枪，真打起来就完了。

王三木努力使自己平静下来。他只是一个下人，他不能做什么，但此刻他却很紧张，直到现在，他都还在紧张。

一炷香很快就燃完了，王天禹叫醒第二班岗哨的保丁。两个保丁从地铺上坐起来，边揉眼睛边向哨位上走去。从哨位上替换下来的保丁来到王天禹和王三木身边，其中一个犹豫着坐到王天禹身边的石头上，另一个直接进屋睡觉了。坐到王天禹身边的保丁向王天禹建议，天太冷了，哨位上的风就像刀子一样割在人脸上。围墙这么高，门这么厚，没有人能够进得来。放哨可以不用站到上面去，在这个屋子门口看着大门就行了。

王天禹说："你以为我们防的是拦路抢劫的土匪啊，我们防的是红军，听人说红军一个个都身手不凡。那么多军队都拦不住他们，不仔细点，到时候是怎么死的我们都不晓得。"

那个保丁问王天禹："大家都说红军是一些红眉毛绿眼睛的人，他们真是这样的人吗？"

王天禹没有回答，他不知道怎么回答。有关红军的消息，他也知之甚少。对红军的认知，都是道听途说。最可靠的消息就是来自他爹王达雷那里。前天王达雷接到上边一个通知，说有一小股红军最近要经过青杠坡前往瓮安，要他把保安队拉到青杠坡，对经过这里的红军展开伏击，把这一小股红军消灭掉。队伍刚拉到青杠坡，还来不及布置，马报又送来通知，说这小股红军不走青杠坡，而是改走马家岩了。通知要求王达雷速带队伍到马家岩，协助追赶的部队把红军消灭掉，同时要求他留一小部分人在青杠坡哨卡设哨观察，以防红军声东击西。

王天禹叫那个保丁去睡觉，等一下还要换哨。看样子，那个保丁还有话要说，听到王天禹这么说，欲言又止的他只好把没说完的话咽进了肚里。他站起来对王天禹说："我去睡了。"

听着他们的对话，王三木真想告诉他们，红军不是红眉毛绿眼睛的人，而是一些跟他一样的普通人。王三木见过红军，一个多月前，在石阡的石家场，他还帮抬过几位受伤的红军，抬到目的地后，红军请他吃了一顿饭，一位女红军给了他一块银圆。临走时，他又把银圆悄悄放在了一位受伤红军的口袋里。

见过红军的队伍后，王三木才发现，红军的日子比他还苦。他们穿的衣服，比他的还破烂，吃的也好不到哪里去，一个个面黄肌瘦，病病歪歪，看上去根本不像传说中的神勇军队。王三木想不明白，这么一群人，为什么这么多军队就拦不住他们，让他们从湖南跑到贵州，还让很多有钱人闻风色变。

不会说话的王三木无法向王天禹他们描述他见过的红军，只好在心中干着急。得知保安队要来跟红军打仗，他的胸口就发紧了。王家在他落难时收留了他，王家是好人家，红军也不是坏人，王家的兵要去打红军，好人打好人，无论什么样的理由，都说不过去，他搞不明白，心乱成了一团。

不过，事情总算过去了，红军不走青杠坡，仗打不起来了，这让他的心好过了一点儿。事情还没完，就是王天禹和这六个保丁，他们还在青杠坡这个哨卡死守，万一，万一红军又要从青杠坡过，还得要打起来。

王天禹睡到了床上，王三木也挤到了地铺上，马灯微弱的灯光还在亮着，除了风和一两个保丁发出的微微鼾声，屋子一片沉寂。屋子门虽然关上了，却关不住风，这个狭窄的空间，还常常被寒冷的风光顾，躺在厚厚的草铺中，身上盖着被子也感觉不到温暖。

又到换哨的时间了，王天禹迷糊中被换哨的保丁吵醒。王天禹从床上坐起来，问从哨位上换下来的保丁，山下边有没有情况。保丁一边打着呵欠一边说没有，就倒头睡下去了。

王天禹起身向门外走去，王三木也从地铺上坐起来，跟着王天禹向门外走去。王天禹打着手势要王三木回去睡觉，王三木没有回去，而是紧跟在王天禹后面，王天禹也就懒得理他了。夜笼罩了一切，月光已经远去，只有星星还在天空眨巴着眼睛，哨位下的大峡谷，变成了一个大大的黑洞。没有风的时候，所有的东西都是静止不动的，一有风吹来，近处和远处的那些树都摇曳起来，仿如千军万马在行动。这样的场景，如果是换作一些初次造访大山的人，早就被吓尿了。

站在哨位上，王天禹的心略感不安，这种不安到底是来自于何处，他也弄不清楚。他吩咐保丁们要注意力集中，不要打瞌睡。他自己也睁大了眼睛往山下看，除了一片黑黢黢的天地，他什么也看不到。

王三木没有跟王天禹上哨位，他坐在一块石头上，眼睛盯着那扇紧闭着的门。门外边的那条路他走过，那是一条很陡很窄的小路，路上铺着石板，从坡脚到垭口，一级一级往上延伸，一直延伸到这个厚重的大门边。

青杠坡是石鼓场通往纳料的必经之路，山高路险，自古就是土匪们关羊（打劫）劫财的地方。青杠坡垭口原来不是哨卡，是土匪们关羊的关卡。以前垭口上没有围墙，也没有门。为了肃清土匪的恶行，繁荣纳料这个湘黔边镇的贸易，纳料保长王达雷拿出一笔钱，在县政府的支持下，成立了一支保安队，王达雷亲任队长。保安队成立不久，王达雷亲率保安队打掉了盘踞在青杠坡的土匪，在垭口修了围墙，修了哨卡，把这里变成了一个税卡，护送从石鼓场到纳料进行贸易的商人们过路，并向他们收税。王达雷打通青杠坡通道没多久，石鼓场财力最雄厚的商人刘贵生买了几条船，在鼓水河开出了一条石鼓场连接雷打坪的航路，石鼓场的商人们要到纳料来开展贸易，先从石鼓场乘船到雷打坪，再从雷打坪上岸走官道到纳料。从雷打坪往纳料，路近多了，也安全多了。这条水路开通后，青杠坡通往纳料的路就冷寂了，也很少有人走了。再加上又常有土匪到哨卡来袭扰，哨卡建成不到两年，王达雷不得不把守哨卡的保安队撤回纳料，只留下一个空空的房屋，一扇厚重的卡在小路中间的木门和两堵高高的堵在山垭口的围墙。

山下延伸来的台阶被关在了门外，门内往西走的路虽然也是下坡，但不再像从峡谷上来那么陡峭了。关上了大木门，垭口就不像是路口，反而更像一个家了。这个家是靠路牵连的，门打开是一条路，门关上就断了一条路。这样的地方也适合打仗，把门关上，路就堵住了，守在垭口上的人只要站在围墙上，看到有人从峡谷走上来，不用枪，光扔石头，来多少人都要被打下去。

王三木不希望王天禹和红军打仗。两边都是好人，最好都不要打，王三木想。

王三木坐得有些累了，他却不想回去睡觉，他有些害怕，一会儿害怕红军突然冲出来，杀了他和王天禹一行；一会儿又害怕红军走在上坡的小路上，王天禹和保丁开枪杀了红军。这种矛盾的思想搅做一团，让他理不清思绪，让他害怕得发抖。

第三班哨换上哨位不久，黑色的天际就撕开了一个角，垭口对面的山上就出现了一小块灰色。王三木长长地出了一口气，王天禹也长长地出了一口气。王天禹从哨位上下来，坐到王三木对面的石头上，他们谁也不说话，甚至互相都不看一眼。

一个保丁从房间走出来，松垮地伸了一个懒腰，对着渐朗的天空说："天亮了！"

王天禹这时才从石头上站起来，也伸了一个懒腰，说：

"天亮了！"

王三木站起来，搓了搓手，跺了跺冻僵的脚，又看了一眼紧闭着的大木门。保丁问王天禹，天亮了，要不要把门打开。王天禹抬头问哨位上的两个保丁："有情况吗？"

保丁说没有。

王天禹示意身边的这个保丁去把门打开，保丁还在那继续伸懒腰，王三木已抢先一步跑到门边，取掉顶门杠，拉开了厚重的木门。也许是被木门拉开时发出的噪音吵醒，没有上哨的几个保丁陆续来到屋外，他们一个个睡眼惺忪，枪却紧抓在手里，问是不是有情况。

开门发出的刺耳响声也把王天禹吓了一跳，他不满地瞪了王三木一眼。听到门发出这么大的声音，王三木也有些不知所措。看到没什么情况，新换下哨的两个保丁继续回屋睡觉去了，另一个保丁把枪靠在屋门边，也学着先前来到屋外的另一个保丁样，伸起了懒腰。

木门被拉开后，一股冷空气灌了进来，王天禹打了一个寒战。他站到门边，看向脚下的山谷。太阳还没有出来，山谷静静的，除了草除了树，没有看到任何会动的身影。王天禹站在门边舒了一口气，他突然感觉到有些失落，不明不白地失落。看来这一天红军是不会从这里过了，他们坚守青杠坡新的一天怕又是在冷寂中度过了。

太阳出来了，山谷下慢慢飘荡起了雾霭，先是一丝丝一缕缕，然后是成团成团地涌出来。雾霭在山谷间聚拢，聚拢成很大一块白布幔后慢慢地升高，升高到快接近太阳时就慢慢化成白云，一朵一朵地向太阳飘去。王天禹出神地看着这一切。哨位上的保丁连叫了他两声才听到，保丁告诉他，山脚下上来了两个人，一男一女，挎着篮子。王天禹连忙吩咐哨位下的保丁把门关上，把屋内睡觉的保丁叫起来，站到围墙边的几个枪眼后面。安排好保丁，王天禹看到王三木还站在屋子外，脸上呈现紧张的表情，就打手势叫他躲到屋子里去。王三木一进到屋子，就从里面把门关上了。看到王三木进屋子并关上了门，王天禹才不慌不忙地向哨位攀去。

雾霭中走来的两个人一点一点地往垭口上攀，他们的穿着看不出有很特别的地方，提着的篮子也是平常人家走亲串戚用的竹篮。王天禹吩咐哨位上的保丁，让他们仔细观察，看他的眼色行事。上来的两人走到离垭口还有两丈路距离，王天禹从哨位上直起身子，叫他们站住。

喘吁吁赶路的一男一女被王天禹的喝喊吓了一大跳，他们仰起脸往垭口上看，看到了在垭口围墙上露出大半个身子的王天禹。看到来人被喊站下了，王天禹问：

"从哪里来？"

两人中的男人用本地话回答：

"从石鼓场来。"

王天禹又问要去哪里。

来人说要去纳料。

王天禹问去纳料干什么。

来人说是去走亲戚。没等王天禹再问，来人又补充说：

"李梦山家，我们是李梦山妹夫的哥嫂，我弟家又添口了，叫我们来送信。"

王天禹飞快地把来人的话在脑中过了一遍，不错，李梦山家是有一个妹嫁到石鼓场。但这个妹自从嫁过去后就很少回纳料，王天禹也很少见到她那边的亲戚。

王天禹问来人，去纳料为什么不坐船往雷打坪走，那边路更近更好走。来人说："雷打坪那边过红军，路不清静。红军和追他们的军队在马家岩打仗，打了一天一夜，死了好多人。不敢从那边走，只好往这边来了。"

听到红军在马家岩打仗，王天禹的心就慌了。父亲王达雷昨天率队去马家岩，是不是正好赶上那场战斗，父亲的保安队是否有伤亡？

见问不出什么破绽，王天禹叫哨位下的保丁去把门打开，把两人放进来。哨位上的保丁提醒他观察仔细了再放进来。王天禹没好气地说：

"还有什么好观察的，我谅他们也不会是红军，红军不会只有两个人。再说，红军都是一些外来人，也不会说本地话。"

其中另外一个保丁附和着王天禹说：

"他们肯定是李梦山家的亲戚，我以前好像在李梦山家见过。"

王天禹从哨位上下来，下面的两个保丁已经把通往山下的木门拉开了。保丁手握着枪，一边一个站在门边，身体紧贴着围墙，警惕地注视着门槛边的小路。王天禹站在屋子旁的一块石头边，眼睛也警惕地观察着门外的动静。他的身子看似不经意地靠在石头上，其实这是他选中的最佳隐蔽点，这里既可以一览无余地观察到大门边的动静，危急时又可以随时躲藏在大石头后用枪封住大门。

不一会儿，一男一女出现在了门边，一个保丁用枪指住他们，叫他们站住，喝令他们将手上的篮子放到门槛内。其中一个保丁先把篮子提进门，搜查了一遍，没有发现什么，把篮子交给另外一个保丁，随后又对两人进行了搜身，才放他们进门。两人刚走进垭口，还没有走到供人坐下歇息的石头边，大门就轰隆隆在他们身后关上了。

王三木躲在屋内，关上门后，他还找了一根木棒，起先是想把门给顶上。木棒在手上掂了一会儿，他放弃了把门顶上的打算，而是把木棒紧紧攥在手里。王三木就这样攥着木棒守在屋门边，心脏紧张得跳个不停。特别是当大门打开，一男一女跨过垭口的门槛，踏进门的瞬间，他紧张得贴着墙壁的身子几乎都要垮到地上了。王天禹在哨位上对来人喊话，尽管他竖着耳朵，却一句也听不到。他想拉开门走出去看个究竟，又怕给王天禹添乱，再加上手发汗腿发软，他就只能将身子靠在墙壁上，让刚刚急跳的心脏慢慢平静下来。

王天禹从石头后走出来，和来人的目光对上的瞬间，他感到这一男一女的目光有些慌乱。他们不看他，却看着他拿枪的手。女人的头一直低着，紧张地跟在男人身后。看到王天禹，男人说：

"长官，我们走累了，能不能在这里歇歇，顺便讨口水喝？"

得到王天禹的允许，这一男一女在石头上坐了下来。王天禹叫王三木把屋门打开，把水桶从屋内提出来。

天啊！与这两人一照面，王三木的内心惊呼。这女人不就是在石阡石家场给过他一块银圆的女红军吗？女红军也认出了他，悄悄地用手拉了拉旁边男人的衣角，用眼角余光冲王三木的方向向男人示意。男人站起身，用身体挡住王三木的视线，从王三木手中接过水瓢，一只手顺势攥在了王三木的手上说：

"大哥，坐吧。"

王三木哦哦地叫着，脸上一阵红一阵白地看着王天禹。王天禹的注意力正集中在女人的身上，没有注意到王三木的变化。听到王三木的叫声，王天禹看到男人要拉王三木坐，就对男人说：

"这是我们家下人，哑巴，不会说话，你不用跟他客气。"

男人看了一眼王三木，放开攥着他的手，顺势从他手里接过水瓢，从桶里舀一瓢水递到了女人手里。

刚被拉住手时，王三木紧张得快要昏过去了，现在手被放开，反而不紧张了。他退到王天禹身边，站到了王天禹身后。

王天禹向来人打听马家岩打仗的事，来人说马家岩的仗打得很激烈。红军守住马家岩，上去的很多追兵都被打退了，马家岩的垭口下，死的人堆成了堆，有红军的，也有从湖南过来的军队的，双方都分不清了。

王天禹问参加打仗的有没有保安队。来人也说不大清楚，一会儿说有一会儿又说没有，最后他肯定地说："没有保安队，和红军对打的都是追着红军从湖南过来的兵。"

王三木站在王天禹身后，好几次他都想暗示王天禹，坐在他旁边的这两个人就是红军。但是那个男人虽然在同王天禹说话，眼角余光却一直瞄着王三木，王三木的任何一个动作都逃不过他的眼睛。王三木的心又开始紧张了，他弄不明白这两个红军到这里来干什么，是脱离了红军队伍逃跑过来，还是红军派他们来做探子，为攻打青杠坡探路。

喝好水后，男人走过来，把水瓢塞进王三木手里，顺便在王三木的手腕上攥了一把，目光如刀般刻在王三木的脸上，王三木没有惊慌，没有喊叫，也是用冷峻的目光盯着男人看。王三木感觉到男人的手很有力，攥得他的手腕生疼。男人放开他的手时对他使了个眼色，这个眼色让王三木知道，男人对他已经没有恶意了。

此刻的王三木最希望这一男一女是脱离红军队伍跑过来的，这样，他们就不会和王天禹开仗了，就避免了双方之间的伤害。王家对他有恩，他不希望王天禹受到伤害。同样地，他对红军有好感，红军叫他帮抬伤员，不但给他饭吃，还给他银圆，这样的仁义队伍，他也不希望有人受到伤害。但是，万一这两个人是红军派来的探子，是来打青杠坡的，那就麻烦了。他们要真和王天禹打起来怎么办？王三木不知道自己应该帮谁。

就在王三木把自己的心思搅成一团乱麻的时候，这一男一女从石头上站起来，对同样也站起来的王天禹说，他们要赶路了，希望王天禹能把篮子还给他们，篮子里装的都是些送给亲戚的小东西。

王天禹示意一个保丁把篮子提过来，交给这一男一女。男子从保丁手上把篮子提过来，突然以迅雷不及掩耳之势向王天禹抢去，王天禹头一偏，躲过了篮子的攻势，后退半步，拔出了别在腰上的枪。王天禹拿枪的手刚抬起来，王三木没有任何多想，突然抬起手上的水瓢，下意识地向王天禹拿枪的手砸了过去，王天禹的枪被砸落到了地上。王天禹还未从惊愕中回过神来，男人就把他扑到了地上，被水瓢砸掉的枪也到了男人的手里。男人制服王天禹的同时，女人也制服了提篮子的保丁，保丁的枪也到了女人手里。

哨位上的两个保丁被打斗的响声惊动，其中一个举起枪，还来不及开枪，就被女人用枪撂倒了。男人用枪指着王天禹的脑袋，大声对剩下的保丁们喊道："都不许动，谁动一下我就开枪打死他。"

枪声也引来了一阵骚乱，骚乱是从围墙外传过来的，骚乱中有人大声喊道：

"垭口上的白军兄弟，我们是红军，是穷人的队伍，我们穷人不打穷人！

"白军兄弟们，你们只要把枪放下，我们决不为难你们！

"……"

枪声和喊话声把保丁们都吓蒙了，他们端着枪，不知所措地看着眼前发生的变化。男人和女人用枪指着他们，命令他们把枪放下，他们无奈地看了一眼被男人制服的王天禹，乖乖地把枪扔到地上，人也跟着蹲到了地上。

男人把王天禹从地上拉起来，命令他：

"叫他们把门打开，把门外的红军放进来。"

王天禹梗着脖子，不说话。男人用枪顶着他的脑袋说："我不想杀人，我们只是借路，放我们过去后，这座山还是你的，哨卡也还是你的。”

王三木看了一眼王天禹，王天禹仍然梗着脖子，不看王三木，也不看其他人。王三木叹了一口气，默默走到门边，取下顶门杠，拉开大门，一面红旗顶着拉开的门飘进了垭口。

红军并没有为难王天禹和他的保丁，除了死在哨位上的保丁，他们全被集中在一起，由几个持枪的红军士兵看守着，坐在路边的石头上。王三木被之前先到垭口上的男红军叫出来，协助女红军和几个士兵给大家做饭。除了做饭和看守王天禹的人，其他的红军也没有闲着，他们有的到哨位上放哨，有的拿着笔，在哨卡的小屋和围墙上书写红军的宣传标语。

来到青杠坡的红军不到五十人，他们是在马家岩遇到伏击后转移出来的一部分。红军在垭口的哨卡稍做休整，然后又连夜赶路往瓮安去了。

从青杠坡出发，红军把王天禹和王三木以及被俘的保丁带进了队伍中间，押着他们一起上路。红军带走了哨卡上的所有粮食，收走了哨卡的枪支弹药，让王天禹和活着的保丁们跟红军一起吃饭。饭后，红军领头的人对王天禹说："我们不杀你们，但你们要跟着我们去瓮安，到瓮安我们才能放你们。你们在路上要老老实实，不要轻举妄动，否则我们就不客气了。"

临走前，红军还把死在哨位上的保丁抬下围墙，在山口选一个朝阳的地方把他下葬，给他垒出了一个坟堆。

第四天，红军赶到了瓮安，与在瓮安的大部队会合。会合后的红军没有食言，放了王天禹、王三木和那些保丁，还给他们每人一块银圆做路费。有三个保丁说他们家中没什么人，回去也没亲人投靠，他们愿意跟红军走，红军当场就收下了他们。

红军怕王三木回去后受到王天禹的报复，想把他也留下，王三木不愿留。他比画着说他是个不会说话的人，到队伍里反而会变成红军的累赘，还是按自己的方式生活为好。拒绝了红军的挽留后，王三木面向王天禹，深深鞠了一躬，转身踏上了一条与王天禹他们背道而行的路。走时他把红军给的银圆，塞给了王天禹。

# 眼　睛

　　石春泥家穷，兄弟姊妹多。石春泥出生之前，已有两个哥哥，父母生下石春泥后又生了三个妹妹。这么多的孩子在这么穷的家，吃糠咽菜，一个个却都活得健健壮壮。村子解放时，石春泥的两个哥哥已经成家，在老屋的旁边搭了几间偏屋，各自领着老婆孩子单独过日子。石春泥长成了大小伙子，两个妹妹长成大姑娘出嫁了，只有石春泥和最小的妹妹，还跟父母挤在一起。石春泥的父母已经老得干不动活了，一天，石春泥的父亲对他说：

　　"我们干不动了，以后的路你就好自为之吧，我们不可能一辈子陪着你。"

　　说完这话，石春泥的父亲就先闭上了眼睛，再也没有把眼睛睁开。

　　父亲下葬不久，纳料就解放了。解放军一个营进驻纳料，一边剿匪，一边帮助群众开展生产自救。看到解放军处处为穷苦百姓着想，石春泥的母亲对他说：

　　"老三，你去当兵吧，跟共产党走才能找到好出路，才会过上好日子。"

　　石春泥想想也对，除了跟着共产党走这一条路，还真没有其他可去之处，于是就同意了母亲的安排。

　　石春泥就这样当上了兵。石春泥的母亲把他领到驻扎在纳料的解放军营长面前，营长打量了石春泥一眼，对他母亲说：

　　"这娃儿太小了，还没有枪高，换个大点的来吧。"

石春泥的母亲说："大的都已成家立业，只有这个还没有成家。年纪也不小了，虚岁十六岁半，已经是大人了。"

营长觉得石春泥太瘦小，不想收下他。石春泥却出人意料地上前，把毫无准备的营长拦腰抱了起来，在地上转一圈才把营长放下地，石春泥说：

"长官，别看我长得小，但我有力气，我能把你抱起来，我还会扛不动枪？"

营长坐下，看了看石春泥的母亲，又把石春泥全身上下打量一遍，最后对石春泥说：

"好，看在刚才你抱起我的面子上，就收下你。记住，到部队要听党的话，要好好干革命，为广大穷苦人打天下，干不好我还会把你送回家。"

石春泥就这样到了部队，成了一名解放军战士，也成了把他招进部队的营长李大龙的通信员。

石春泥当兵一个星期，就参加了一场战斗，跟着大部队去围剿盘踞在四寨的顽匪罗锦权部。战斗打响前，营长李大龙带着石春泥和另一个通信员，以及一连、二连的两个连长，到小河边观察地形。他们隐蔽在一个小山包后面，李大龙用望远镜向村子观察。李大龙举着望远镜从小山包后探出头，躲在河对岸岩石下的土匪暗哨向李大龙开了一枪。这一枪正好打在李大龙的脑门上，李大龙一句话都没说就倒在了小山包后面。

枪声引发了战斗，在村子外围了一夜的部队，从各自的包围点向村内发起攻击。一时间枪声大作，喊杀声不断。石春泥没有参加战斗，他和另一个通信员把营长李大龙从小山包上背到安全地方，卫生员在查看李大龙的伤势后对他们说：

"营长牺牲了！"

石春泥这时才注意到，营长李大龙头上一直在往外冒血。

另一个通信员大喊一声，拿着枪立即向村子冲去，卫生员对石春泥说："照看好营长。"不管石春泥听没听清楚，卫生员也冲向了村子，只留下石春泥呆呆在原地站着。不一会儿，卫生员背着一名受伤战士，又回到了营长躺着的地方。石春泥这时才如梦初醒，也大喊一声，端着枪冲向村子。卫生员在后边大喊他的名字，他都没有听到。

石春泥冲到河边，部队已经突进了村子。石春泥蹚过河，也冲进了村子。村子里的枪声稀落下来，大部分土匪都已被消灭掉，只剩下个别顽固的土匪，还在做着零星的抵抗，大规模的战斗转化成了个别零星的清剿。石春泥冲进村子，正好看到战士们把俘获的土匪押解着从村子走出来。土匪们经过石春泥身边，石春泥注意到有几个人就是他们村的，他们的家人说他们在外边做生意，想不到却做了土匪。这些人经过石春泥身边，一个个都是高举双手，低着头，也许他们根本就没有注意到石春泥。

石春泥被副营长的通信员喊回去。副营长叫他和几个战士，把营长的遗体护送到县城。石春泥参加的第一次战斗就这样结束了，战斗中石春泥还没来得及放一枪一弹就退了出来。事后好多天，他都还在梦中梦到那场战斗，梦见营长李大龙倒下的那一瞬间，梦见自己被一大群土匪追赶，其中很多土匪就是他们村子的人。醒来后，石春泥的心一直都感到很害怕。

二营的营长到石春泥他的一营来做了营长，一营的副营长又到二营去做了营长。新来的营长赵华忠，仍叫石春泥在营部做通讯员。经过一段时间的清剿，玉水县的土匪已基本被肃清，分散在四乡八寨的剿匪部队，全部集中到县城大修整，并补充进了一些新的兵源。石春泥的一营也来了很多新兵，有两个还是石春泥村的，他们都是在四寨剿匪时被俘获过来的。经过教育，他们要求参加解放军，给穷苦人打天下。他们偷偷对石春泥说："那回打四寨我们看到你了，没想到你这么小就先我们加入了解放军。"石春泥对他们说："现在好了，你们和我一样，都成解放军战士了。"

部队在县城修整了一个月，这一个月，除了训练就是学习。部队请人教石春泥他们学习认字，还请人教他们学习英文"缴枪不杀""我们优待俘虏"等词句，教他们学习用一些简单的朝鲜话打招呼和问候。有经验的老兵都说："听说朝鲜那边在打仗，可能我们这支部队也要上朝鲜去打仗。"

营长带着石春泥和另一个通信员到团部去开会，回来的路上营长对石春泥说："你家是本地的吧，放你一天假，你抓紧时间回家去看看，过几天部队就要到很远很远的地方去执行任务，什么时候回来也说不清楚。"

回到部队驻地，营长把开会的内容传达到排以上干部，叫大家回去做好准备工作，命令一到就立即开拔。营长又吩咐各连各排，给那些家在本地的战士放一天假，让他们回家去看看。

石春泥没有回家。营长问他为什么不回家，他说家太远，怕回去赶不回来。营长问他家里还有哪些人，石春泥把家里的人都一一告诉营长，营长对他说："你家中有这么多人，我就放心了。"然后营长又对他说："小石，你不是一直要求下连队去锻炼吗，我同意了，明天你就到二连去，到那里好好向老战士们学习军事技术。"

石春泥下到二连的第三天，部队就开拔了。临出发前，大家才知道这一次要出国，要到朝鲜去支援朝鲜人民打击美帝侵略者。

石春泥在车上看到了自己的两个哥哥，他们夹在欢送的人群中，拼命喊着石春泥的名字。昨晚上石春泥的哥哥们接到村农会通知，得知石春泥所在的部队要开拔到新的战场，县里要为部队的开拔召开一个规模很大的欢送会，叫家属去参加。得到消息，石春泥的母亲叫他两个哥哥赶来参加欢送会。石春泥的哥哥们天不亮就从家赶往县城，紧赶慢赶，还是错过了欢送会，只来得及看到运送队伍的汽车，从他们的眼皮底下开过。

坐汽车转火车，在路上走了一个多月，石春泥所在的这支部队来到了鸭绿江边。走下火车，一股寒气向身上袭过来，石春泥没想到这里会是这样寒冷。部队发的所有冬衣都穿到身上，还是感到身上没有一点儿暖气。风卷起一片又一片雪花，无情地切割在人身上。现在才是十月，南方正是秋高气爽时节，没想到这里却是冰雪一片，石春泥他们这些从南方来的兵一点儿都不习惯。走下火车，大家蜷缩在一起，互相挤靠着用身体取暖。石春泥的一个老乡偷偷对他说："早知道这边这么苦，说什么我也不会过来了。"

石春泥叫他不要乱说话，让别人听到，反映到部队首长那里去要受到处分。

部队在鸭绿江边休整了三天，这三天，石春泥他们都是在紧张中度过。美国佬的飞机时不时飞过江，在头上盘旋一圈，往江中丢一两颗炸弹，击起江水，弹起高高的水柱。每隔十分钟，耳边就会传来防空警报凄厉的响声。晚上睡觉更不安宁，不光冰冷难以入睡，入睡后还时不时被警报吵醒。

第三天晚上，石春泥他们坐上了开过鸭绿江的火车。在那个被铁皮子紧紧包裹着的车厢里，除了关不住的寒冷，所有的风景全部被排除在暗夜中。每一个人都坐在属于自己的背包上，手中紧紧抱着枪，眼睛微眯着。大家都不说话，传进耳朵的只有火车撞击铁轨发出的"咣当"声、远处时隐时现的枪炮声。石春泥眼睛虽闭着，却一点儿睡意都没有，他不知道自己现在离家有多远了。上车前，他曾努力想辨认家乡所在的方位，却一直把不准方向。一会儿觉得家是在东方，一会儿又认为是在西方，一会儿觉得是在南方，一会儿又认为好像是在北方。方位的错觉，是从石春泥走下火车，来到这个陌生地就发生的。不光他，很多人都同他一样，走下火车后就找不到家乡的方位了。石春泥不知道母亲是不是已知道他去了朝鲜，不知道两个哥哥回家是不是对母亲说了真话。如果母亲知道他是到朝鲜去打仗，一定会很担心他。

火车只走了六个多小时，坐在车里的人却像是坐了很长的时间。从车上下来，天还是黑咕隆咚的，一点儿都看不见。好在在车里坐着，也是没有灯光也是面对着黑暗。下车一小会儿，大家马上就适应了这种黑暗。石春泥听到了连长喊集合的声音，他寻着声音向连长的方向靠去。他听到了自己班长的招呼声，他摸黑站到了自己班的队伍里。刚站好就听到连长说："同志们，现在我们脚下踩着的是朝鲜的土地。由于前方铁路已经被敌人的飞机破坏，现在我们只好步行前进，请大家要注意跟上，不要掉队。行军时请大家不要说话，也不准打开手电筒。记住没有？"

从国内出发，每个人都发到了一个手电筒，现在这个手电筒就放在石春泥的包里。连长说到手电筒时，石春泥下意识地用手摸了摸手电筒放着的地方，铁皮传导的寒冷让他打了一个寒战。连长的话说完，石春泥跟着大家用低低的声音说："记住了！"

连长威严地对大家喊了一声："出发！"

天大亮，石春泥终于看到了朝鲜的土地。让他没有想到的是，这异国他乡的土地竟是那样的寒碜，山光秃秃，路坑坑洼洼。他们此刻正行走在一座山的半腰，这座山或许刚刚被飞机轰炸过。整个山上的泥土就像翻犁过的耕地，裸露的石头被从泥土中翻出来，一些摊在泥土里，而另一些则滚到了山脚下。山脚下是一条小河，河岸边结着厚厚的冰。河里的水虽然仍在潺潺流淌，却变得混浊不堪。也许是因为战争洗礼的缘故，这河和这山看起来都丑陋不堪。

"飞机来了，快卧倒！"

前面传来了急促的喊声。石春泥随着大家趴到地上，不一会儿，头上就传来了"轰隆隆"的响声，有几架大肚子飞机呼叫着从大家头上飞过。趴在石春泥旁边的一位老兵说："这是轰炸机，专门往地上扔炸弹的。"

石春泥和战士们都趴在地上，身上背着伪装，飞机没有发现他们，炸弹没有往他们头上扔。不一会儿，远处传来了炸弹爆炸的巨响声。

守卫无名高地的战斗进行了三天，石春泥所在的二排守卫的五号阵地，是无名高地的最前沿，战斗一直打得很激烈。入朝第三天，石春泥所在的部队就投入了战斗，战斗的激烈程度超出了石春泥的想象。敌方的士兵在坦克的掩护下，如蚂蚁一般向着高地发起一次又一次冲锋。石春泥他们仅靠手中的步枪、手榴弹、掷弹筒，硬是打退了敌方一次又一次冲锋。

石春泥身边的战友一个个倒下了，就连说不想来参战的老乡，也战死在了阵地上。敌方第八次冲锋停下来时，受重伤的排长清点了一下活着的战士人数，发现连他加在一起只有六个。这六人中每一个人的身上都挂着花，只有石春泥稍好一些，子弹只是在他的头上擦破了一块皮。排长的肠子流到了体外，即使用长长的绷带缠着，血还是一个劲地往外冒。排长知道自己活不长了，他叫过来石春泥，对他说："小石啊，我不行了，这个阵地就交给你了。现在由你来代理排长职务，你一定要带领大家坚守住，要保证人在阵地在。"

石春泥向排长做了保证。歇了一会儿，排长又对石春泥说："我是回不去了。求你一件事，你要是能活着回去，就把我的眼睛挖回去，让我最后看一眼父母和家园……"

排长的声音越来越弱，越来越弱。最后，石春泥只看到排长的嘴唇在翕动，却听不见他到底在说些什么。

石春泥刚叫了一声"排长"，敌方第九次冲锋又开始了。石春泥在战壕里灵活躲闪，从这头跑到那头，从那头跑到这头。他瘦小的身子被深深的战壕遮挡着，敌方的枪弹很难伤到他。他把牺牲战友们的枪支集拢起来，每一支枪里都压满子弹，把枪都摆放在战壕边上，一支枪打发烫又换另一支枪。那四个受伤的战士被石春泥安排守在战壕两边，两挺机枪与他配合着，向一路往山上蠕动而来的敌兵倾泻愤怒的子弹。

敌方的第九次冲锋被打下去了，石春泥的战友又牺牲了两人。此时阵地上连他在内只剩下三个人了，另外两人还受了重伤，石春泥也被子弹在头上擦出了另一道新的伤痕。石春泥为两个受伤的战友进行简单包扎，又沿着战壕对阵地进行了巡视，把所能搜集到的弹药全部集中到了一起。电台已被打坏，和上级早已失去联系。石春泥不知道他们还要在这里守多久，他更不敢想象，敌方的下一次冲锋，他们还能不能顶得住。

敌方的又一次冲锋开始了，受伤的两个战友爬到阵地上，刚把机枪架好，一阵凶猛的火力，就让他们永远躺在了那片土地上。石春泥还在坚持不懈对敌人射击着，他一边打一边吼着战友加大火力。没有听到战友的回音，也没有听到机枪的吼叫声，石春泥感到了不妙。危急并没有让他考虑更多，他一边向敌人扔手榴弹，一边向机枪跑去。石春泥还没有跑到机枪边，一颗子弹飞过来，他就什么也不知道了……

渴，从来没有过的渴，石春泥被渴醒了。醒来后的石春泥什么也看不到，他以为天黑了。他叫着排长的名字，叫着战友的名字。他听不见任何声音，他努力想睁开眼睛，怎么努力也无济于事。他听到有说话的声音，仔细一听，居然说的是汉语。是自己的援兵上来了？石春泥激动地想大喊，可是喊出的声音，连他自己听起来都感觉少气无力。

"醒了，醒了，你们看他醒了！"

醒过来后，石春泥才得知他现在是躺在祖国的医院里。医护人员告诉他，他已经昏迷了十六天十五夜，子弹从他的脑部穿过，他的眼睛被打坏了。算他命大，只要弹头稍偏那么一小点，他的命就保不住了。

从医护人员口中，石春泥了解到，他们营的所有战友牺牲在战场上，只有他一个人活了下来，而且他这个活着的人，还都是救援队伍从死人堆里扒拉出来的。

石春泥问那些战友的尸体都在什么地方，有人说："都埋在了朝鲜土地上。"

石春泥问排长的尸体埋在什么地方，另一个人说："不知道，牺牲的战友都是朝鲜同志帮忙掩埋的。"

苏醒后的石春泥躺在床上，一遍遍责怪自己，责怪自己没有把排长的眼睛带回来。战友们都死了，排长的眼睛也留在了异国的土地，自己虽然活着，可是眼睛却瞎了，活着还有什么意思。

石春泥对来给他治疗的医生护士没有好脸色，更没有好脾气，常常是要么拔针头，要么不肯吃药，不愿接受治疗。

有人来到石春泥床边，来人一进门就大声说："石春泥，听到我是谁了吗？"

石春泥说："你是赵营长。"

来人说："对，我是赵华忠。"

石春泥原来所在一营的营长赵华忠，入朝前升任了团长。战争结束，他回到国内，听说石春泥在医院不肯接受治疗，就立即赶到了医院。

石春泥紧紧拉住赵华忠的手，像受委屈的孩子找到了亲人，没说话就先哭了起来。他一边哭一边断断续续对赵华忠说起牺牲的战友，说起排长和排长的眼睛，说起他的老乡……待他哭够，赵华忠才对他说："他们都是好样的，他们用鲜血和生命捍卫了民族的尊严，为祖国也为世界人民换来了和平。他们是伟大的，也是光荣的，祖国会永远记住他们，我们活着的人也会永远记住他们。我们战斗过的那片土地，今天能够取得和平，是你们排长和千千万万个牺牲的战友，用鲜血和生命换来的。你们的排长他不会怪你的，他还要感谢你，感谢你没有把他的眼睛带回来，让他能在那片土地上，亲眼见证战争的结束，见证和平的到来。"

赵华忠嘱咐石春泥："你要好好配合治疗，把身体医好，才能对得起那些长眠异国他乡的战友。你要让自己好好活下去，替牺牲的战友们感受和平的安宁，感受日新月异的社会主义新生活，感受祖国的发展强大。"

　　石春泥在军人疗养院住了下来，等到他能摸索下地走路，他对前来看望他的赵华忠说："团长，我想再去一次我们战斗过的地方，去看望长眠在那里的战友。我要去告诉排长，国家强大了，家乡建设得越来越好了，亲人们都过上了幸福的生活。"

# 野 山

石原野二大佐用刀劈了一个士兵，被劈的是刚满二十岁的久野一郎，久野一郎的身体躺在地上，血从被劈开的肚子里不断地往外冒。所有的士兵都面无表情地站成一排，站在被劈的久野一郎旁边，石原野二手拿着尚在滴血的刀，叽里咕噜地在队前训话。久野一郎的目光慢慢地一点一点地暗下去，最后终于闭上了，有两滴眼泪和着血水从他的眼角里冒了出来。

石原野二策马从路的那头跑了过来，丛林中的一声枪响，一个士兵又倒在了这片神秘的土地上，石原野二一声令下，所有的火力都一齐往山上压过去，打得山上的树叶纷纷扬扬地飘起来，火力停下后石原野二叫士兵们向山上搜索过去，士兵们搜索了半个多小时，除了几棵弹痕累累的树外，山上什么活物都没有见到，就连那些飞鸟都被刚才的枪声不知惊到什么地方去了，搜山的士兵下来了。二十岁的久野一郎正抱着刚刚被冷枪打死的哥哥久野正和的尸体，伤心的眼泪也一滴一滴地滴落在久野正和的尸体上，这一切刚好被石原野二看了个清清楚楚。

石原野二叫人挖了个坑，把久野正和的尸体放了进去，当士兵们正要用泥土把尸体盖住时，被石原野二制止了，他把队伍集合起来，从队伍里把久野一郎拉出来，士兵们还没有弄清楚是怎么回事，石原野二的刀就劈向了久野一郎。石原野二挥舞着滴血的刀，叽里咕噜地大声说："我们大日本帝国的军人，不应该在战争中流泪，我们现在需要的不是眼泪，而是仇恨，我们只有把仇恨化成力量，我们才能战胜敌人……"

石原野二的日语在这片异国他乡的土地上，散开来却是那样的苍白无力。尽管石原野二一直都恶狠狠地大声说话，恨不能把心中的仇恨都迸发出来。但是在这片林海里，这种仇恨却仿佛变成了一种垂死挣扎的表演，让人看来只是在更多的滑稽中陡增无奈。

石原野二叫士兵们把久野一郎的尸体也丢进了刚才掩埋久野正和的坑里，然后把能证明他们身份的所有证件都从他们身上摘了下来，包括把能证明他们是日本军人的衣服都脱了下来，用一把火把这些东西都化成了灰烬，然后才叫士兵用泥土把他们两人的尸体盖上。

石原野二站在山梁上，望着前方莽莽苍苍的大山，心中感到了一丝丝的害怕，自从进入中国贵州这片地区以来，他的这种害怕就在一日日俱增。这里的山之大路之险是他所无法想象的，特别是这里的人，比正规的中国军队都还难以对付。走着走着，突然一声冷枪，队伍中就会减少一个人。人倒下了，却还不知枪声来自何处。石原野二很想把对手找出来，真刀真枪地大干一场，这个对手却迟迟不现身，只是在他没有任何防备的时候才猛然来这么一下子，叫他防不胜防。

石原野二把军用地图打开来，看着地图上标着的"独山"这个地方，这是他们这支部队要去攻占的目的地。那里不光是中国军队的一道防线，那里还是中国军队的战略物资供应线的中转站，那里不光有飞机场，还有贵州最大的军火库。来之前，联队长龟三雄井就这样对他说：

"独山是很重要的军事要地，打下并占领独山，我们就可以长驱直入，占领整个贵州，直逼重庆，可以打道云南直入缅甸，与中国军队大会战。"

石原野二的这支部队从广西进入贵州，就仿佛陷入了到了魔咒的世界里，地形不熟令石原野二十分头疼。这贵州的山，就像是抱成一团的人，一个连着一个，总也看不到尽头。路上抓来的几个向导，在进入贵州时，趁遇到冷枪袭击时的混乱一下子就跑了三个，剩下的两个还来不及跑掉就被石原野二的刀劈了。进入贵州来到一个叫黎明关的山口，他们碰上了两个打柴的当地人，他们把这两人抓来给他们做向导。还没有走出两里地，两个向导就把他们引到了一个悬崖边，然后抱着两个士兵跳下了悬崖。日本兵们向悬崖下放了一阵枪，也不知他们是死是活，就赶紧从悬崖边走开了。

一路上折腾下来，一天他们都走不出二十公里，从广西南丹到贵州独山，地图上标出的距离是一百八十公里，按正常行军的速度，石原野二认为只要两天半的时间就可以到达独山。现在他们已经在大山里折腾了近五天，却还不知独山在哪里。

联队长龟三雄井又来电催了，问石原野二的位置，石原野二看了一下手中的军用地图，说他们在一个叫荔波的地方。龟三雄井显然对石原野二的回答很不满意，问他们所在的具体位置。由于大山的阻隔，电台里的声音沙沙的，一直都听不清楚，龟三雄井连说了好几遍，石原野二才听清楚，石原野二又看了一眼地图，确定他所在的位置后，回答说他们现在所处的位置是荔波的黎明关。

龟三雄井在电台里大声地吼着说："你的速度太慢，要不惜一切代价进行突破，要赶快占领独山县城。"

石原野二把翻译黎正光叫过来，问他还有没有其他的路可以通往独山。

南丹人黎正光在给日本人做翻译前一直在南京的一个大学里面教日语，日本人攻占南京后把他连同一群逃难的人拉去屠杀，正好撞到了他在日本留学时的同学石原野二。石原野二从枪口下把他救了出来，从此他成了石原野二所在联队的翻译官。这次进入广西和贵州，在石原野二的要求下，龟三雄井把他派到了石原野二的先头部队。

黎正光对石原野二说："从南丹到独山，还有一条大路，绕道荔波县城，然后可到达独山，这条路一是距离远，二是有中国军队把守，恐怕更难走。"

石原野二说:"远不可怕,我们可以加快行军的速度。中国军队更不可怕,碰上了就真刀真枪地干一场,总比这样被别人打了冷枪而却又找不到对手要强。"

石原野二留下一个小队二十六个人顺着黎明关的小路往前走,其余的人在他的带领下跟着翻译黎正光,踏上了通往荔波的大道。

一路上出奇得顺利,石原野二的部队居然没有受到什么抵抗。那些驻守在大路要道口上的中国军队,早在日本人来之前就已经奉命撤退了,只留下一个个挖好的战壕。日本人在那些战壕里搜索,只拣到一些被丢弃的弹壳和一些残锅破碗。那些放冷枪的老百姓,以为这些地方有正规军在把守,应该万无一失,也没有到这些地方来打冷枪。石原野二的部队走得很顺畅,只用半天不到的时间,他们就走了三十五公里路程,来到了荔波县城。

石原野二在荔波县城里也没有受到抵抗,那座被大山包围着的小城此刻仿佛就像是一座鬼城,鸡不鸣,狗不叫,人影也不见一个。石原野二命令部队穿城而过,在城中,他们的脚步也没有放慢下来,石原野二骑马走在队伍中间,不时挥舞着手中的刀,命令部队快走。出了城来到一座小山上,石原野二才命令部队停下来休息,让士兵们补充干粮和水分。石原野二又看了一眼军事地图,然后问黎正光还有多长时间可以到独山。黎正光说:"加快速度,五个小时就可以到达独山。"

石原野二的脸上露出了笑容,他拍着黎正光的肩膀说:"这次你立了大功,攻下独山后第一功是你的,到时我一定报请联队长嘉奖你。战争结束后你可以到日本国定居,成为天皇陛下的光荣臣民。"

黎正光嘿嘿笑着,脸上的肌肉却扯得很难看。他真希望战争快点结束,好让他尽快逃离这个地方,除了日本,他已经没有地方可去了。中国已经没有了属于他的家,如果战争结束他还住在中国,人们即使不打死他，光唾沫淹都要把他淹死。

吃了饭喝了水，石原野二命令部队继续前进。转过山坡，他们又遇到了冷枪，放冷枪的人在开枪时喊了一声，放枪的人喊的是"我打死你个狗汉奸"。枪响后黎正光就从马上滚了下来，日本人都不知道他喊的是什么。看到黎正光从马上滚下来，石原野二连忙命令部队向丛林中开火，一阵枪响过后，林中扬起了一片一片的树叶。石原野二走过来看了看黎正光，见黎正光还在那里呻吟，掏出枪给黎正光补了一枪，近距离的射击打得黎正光从地上弹起来，然后又重重地摔在地上。

石原野二把枪插进枪套，集合部队又继续向前开进。黎正光骑的马被一个日本兵拉走当了坐骑，他的尸体就这样被抛在了路中间。走在前面的一个日本人，还用厚厚的皮靴在尸体上踢了两脚，把他的尸体从路中间踢翻向路边。

从荔波往独山走的一路上，虽没有遇到军队抵抗，却依然是一路冷枪不断。每响一次枪，石原野二的队伍里就会减少一个士兵。每一次冷枪响过后，石原野二叫部队往山上放一阵枪，把树叶打得飞飞扬扬，然后把死去士兵身上的证件取出来销毁后就继续往前赶路，连那些死去士兵的尸体也顾不上去掩埋了。

在损失了十多名士兵后，石原野二的部队终于在天黑前来到了独山。在城边的一个小山上，石原野二用望远镜往独山县城观望，雾蒙蒙的什么也看不清。他不敢贸然行动，而是把部队安顿在山的背面休息，只在山上留下几个观察哨。

石原野二用电台同龟三雄井联队长取得了联系，说他们已到了独山郊外，龟三雄井联队长命令他们做好攻城的准备，一定要在明天天明前发起攻击，要不惜任何代价攻下独山，打通部队北上的通道。

此时的独山县城已经成了一座空城，驻守独山县城的中国国民党军队在日本军队到达的前三天就已经撤离了。老百姓在看到军队撤退后也纷纷弃家而逃。独山飞机场上原来停放的两架小飞机，也在日本人来之前飞往了重庆，上面坐着独山行署专员的一家人和守备司令的太太及儿女。守备司令是跟着部队撤退的，撤退前他叫来守弹药库的三营营长杨元兴，命令他在撤退中一定要安排人守好弹药库。杨元兴接受任务后，叫来一连连长宗明杰，布置他安排人守好弹药库，宗明杰又叫来三排排长吴良灯布置任务，吴良灯又把这个任务交给了一班班长刘应成，刘应成叫来老兵王大憨和手下的几个兵，对他们说："部队要撤到深河对面去，要到那里去和日本人打大仗，现在我命令王大憨、李小二、张三七、朱贵昌你们四个人坚守弹药库。部队撤走的这几天，你们的生活就在弹药库里解决。"说着从袋子里掏出两块现大洋，丢给王大憨他们："拿去准备一点东西，部队走后你们就不要出来了。"

王大憨是八年前来到部队的，那天王大憨正走在讨饭的路上，一伙人闹闹嚷嚷地从后面赶上来，拉扯着就把王大憨拉到了部队，让王大憨穿上了军装。王大憨这个名字是在部队上给起的，刚到部队上时，管登记的长官问他叫什么名字，他说他不知道，随便怎样问他都说他不知道，管登记的人就很生气地说："你这也不知道那也不知道，莫非叫你王大憨不成？"

王大憨就嘿嘿地笑，于是管登记的人就在花名册上写下了王大憨这个名字。王大憨也就默认了这个名字，每当长官点名叫到这个名字时，他就会大声地喊一句"到"。

自从穿上军装扛上枪以来，王大憨一直守着弹药库，这一守就守了八年，八年的王大憨已经从新兵变成了老兵，很多人都换防了，而王大憨还是守弹药库。

部队走的那天，李小二、张三七叫王大憨和朱贵昌上街去买一些吃的东西。朱贵昌说他肚子不舒服，叫王大憨自己去。李小二没有把班长给的现大洋给王大憨，而是叫王大憨先把钱垫上，回来再算账。王大憨从弹药库出来，进城在大街上转了一圈，一个人也碰不到，所有的店铺都关着门。连叫了几家门，都没有人应，王大憨只好空着两手转回了弹药库。

王大憨回到弹药库，没有见到李小二他们三人。往洞里走时，他看到了张三七和朱贵昌躺在地上，胸口还在往外冒血。王大憨摸了摸他们的鼻子，已经没有气了。王大憨又叫李小二，没有得到回音。天已经黑了，王大憨把张三七和朱贵昌拉到一起，找了两条床单把他们盖起来，并用手帮他们把不肯闭合的眼睛轻轻抹上。做完这一切，他就听到了隆隆的轰炸声，日本人的飞机又到城里来投弹了。爆炸声由远而近，一忽而仿佛是在远处，一忽而仿佛就是在身边炸响。天已经黑尽了，王大憨还呆呆地坐在库房里，他没有吃一点儿东西，也没有点灯。库房里原有的几筒压缩饼干已经被李小二拿走了。不远处的营房里虽还有一些米和菜，但王大憨却不想去拿，他更不敢把那些东西拿到库房里来煮，他一直记着库房里是不准生火的。

攻城是在第二天的凌晨一点钟开始的。石原野二下令向城里攻击时，十几门迫击炮先向城里倾泻了近三十颗炮弹，然后部队才向城里冲去。石原野二原以为在独山县城他们会遇到很猛烈的抵抗，为此，他已经做好了打大仗并为天皇效忠的准备。然而他们冲进县城却出奇得顺利，没有遇到一丝一毫的抵抗，这让他感到不可思议。从攻城到进城，他们只用了十五分钟，这十五分钟的时间，都是在路上走的时间。攻城的顺利让石原野二不敢相信这一切都是真的，进城后他一点儿都不敢大意，把部队分成若干小分队在城里四处搜索。日本兵没有见到任何一个人，士兵们端着上了刺刀的枪在城里搜遍大街小巷，连一个活的生命都没有碰上。原来设想的进城后打巷战的装备现在都用不上了，在城里折腾了一个多小时，石原野二把部队集中起来，命令部队就地休息待命。石原野二走进独山行署大楼，楼上楼下看了一遍，用电台向龟三雄井联队长进行汇报。龟三雄井联队长在电台里命令他，叫他的部队不要在县城里停留，继续往北追击，要赶在天亮前占领深河，击溃守河的中国军队，接应大部队北上。

王大憨在弹药库里睡着了，日本人在城里折腾对他没有丝毫的影响。这个离城近五公里的弹药库与山下的大路也还有一定的距离，日本人从大路上往深河方向走的时候王大憨没有听到。

王大憨是在第二天下午见到日本人的。天亮后，从噩梦中醒来的王大憨顾不上吃东西，而是拿了一把铲子，在弹药库背后的山上挖了两个坑，把张三七和朱贵昌的尸体埋了进去，并给他们各自垒了一个坟。做完这一切，已经是中午了。王大憨回到弹药库，放下铲子，到不远处的营房里去胡乱地煮一点儿东西吃，吃好东西后他想到城里去看一看。走出不远，王大憨忽然想到没有人守弹药库，又转身回到了弹药库里。

石原野二的部队到达深河边时，天已经大亮，这时整个深河的地形就完全映入了日本人的视野。深河的两岸耸立着高高的大山，狭长的深河延伸在大山深深的峡谷里，河的两边是高不可攀的悬崖峭壁，要想渡过深河，没有桥是不行的。深河上原有的唯一一座桥，已经被中国军队炸毁了，只留下两岸的两个桥墩在悬崖边上狰狞地对视着，仿佛在诉说着中国军队的某种不幸，也仿佛在嘲笑着日本人的无奈。

石原野二把部队安顿在河这边的山上，密切地注视着对岸的一举一动，随时准备战斗。他用望远镜望向对面，却搜索不到中国军队的影子。就在他思索着如何才能渡过深河时，龟三雄井联队长来电，命令他停止进攻，并做好从独山撤军的准备。

一九四四年十二月十六日，已经率队深入到中国偏远大山中的石原野二，接到了停止进攻，立即率领部队后撤的命令。后撤前，石原野二抽出刀，一刀砍向他旁边的一棵小树，小树被拦腰斩断。石原野二把刀从树身上抽出来，将刀深深地插在地上，两手紧握着刀把，发出了一声疯狂的啸叫。而这时，从独山撤出的中国军队，接到命令后与赶来增援的部队，在距深河不远的良亩组成了新的防线，准备与日军大干一场，阻止日军北上占领都匀。

石原野二带着部队顺着原路向独山县城走去，士兵们的士气显得有些低落，石原野二骑在马上，战马也显得有些懒神无气的，一路上都在走着碎步。日本人一边走，一边时不时地向四周的山上搜索，那种搜索仿佛就是在做样子给别人看，往路边走走，朝山上放一阵枪，吓唬吓唬山上的飞鸟，然后又继续赶路。

日本人是在回来的路上从一个岩缝里抓到李小二的。日本人一放枪，李小二就在岩缝里躲不住了，岩缝边的草一动日本人就发现了他。这时的李小二已经是一身老百姓的打扮，日本兵把李小二带到石原野二面前，还没有等石原野二问话，李小二就先筛糠了。他对日本人说，只要不杀他，他可以带他们找到弹药库。

听到可以找到弹药库，无精打采的石原野二精神一下子振作起来，他重新整肃起队伍，跟在李小二后面，向弹药库急行军而去。

王大憨看到日本人的时候，日本人已经来到了弹药库前面两里远的地方。黑压压的日本兵端着枪狂跑着向弹药库扑来，他们的前面走着前几天才离开的李小二。在距弹药库有一里远时，日本人都停了下来，只留两个日本兵端着枪跟在李小二身后向弹药库走来。李小二一边喊着王大憨的名字一边猫着身子走，慢慢接近弹药库。王大憨的枪一直指着李小二的脑袋，只要他的手轻轻一动，李小二就会去见阎王。但王大憨始终没有开枪，他想即使他打死了李小二，后面的日本人他也没有办法对付。看着李小二和日本人越走越近，王大憨把枪收起来，把几颗手榴弹插在身上的皮带里，拖着枪走进了堆放弹药的洞深处。

李小二一边喊着王大憨的名字，一边猫着腰一步步地走近弹药库，两个日本兵端着枪紧紧地跟在他的身后。李小二走近弹药库的门边时，仍然没有什么动静，没有听到王大憨的应答，也没有受到什么阻击。李小二的胆子就壮了起来：洞中的三个人，张三七和朱贵昌已经死了，一个憨子老兵恐怕也早就溜之大吉了，还有什么可怕的！李小二推开了弹药库大门，和两个日本兵走了进去。不一会儿，一个日本兵从洞中跑出来，跑到石原野二面前报告，石原野二随后带着十多个日本兵走进了弹药库。

就在石原野二带着那十多个日本人进弹药库不久，从弹药库的大门处冲出来一股黑烟，随后就听到了一声天崩地裂的爆炸声。爆炸声震得等在不远处的日本人慌忙趴到了地上。好久好久，爆炸声才停息下来。待硝烟散尽，路上的日本人注意到，一里之外的那座山塌了一大半，他们视野的尽头出现了一个大大的乱石堆……

# 春水向东流

## 一

　　下午六时四十分，弟弟打来电话，母亲生病了。屋外电闪雷鸣，大雨倾盆。七点十分坐上这辆过路面包车，天就黑了。面包车沿着都柳江往打鱼寨方向开去，前方二十六公里处是都柳江大桥，都柳江大桥那头，就是我家所在的打鱼寨。车外边，雷声隆隆，时不时地有闪电从车窗外划过，我看到了涨水的都柳江，风起云涌地奔腾着。

　　"快跳车，路垮了……"驾驶员的惊呼还没有消失，我所乘坐的面包车就滚下了山坡……

　　我是被冰凉的江水泡醒的。醒来时，我躺在一堆树枝上，衣服与树枝纠缠在一起，眼前是一片黑暗。水浪冲击我的身体，身前身后堆涌着数不清的树枝杂草。

　　"有人吗？救命啊！"除了风声、雨声、雷声、翻滚的水浪声，没有任何回应我的声音。我又喊了几声，仍是没有任何回应。同车人都到哪里去了，是不是都已经死了？想到死，我开始害怕起来。

　　闪电亮起来，我看到了江岸，距我所在的位置不是很远，水不是很急，凭我的水性，是可以游到岸边的。我尝试往岸边游去，树枝缠住了衣服，我施展不开手脚。腾出手想把缠在衣服上的树枝扯开，一个巨浪涌来，我和这团树枝被冲到了江中心。

江中心，刚才与我纠缠在一起的树枝离我而去了。我拼命扑腾，想抓住任何能够支撑身体的东西。我什么都看不见，还被呛了好几口水。闪电亮起来，我看到了一截木柱。木柱飘浮在距我不远的地方，在水面上下沉浮飘移。我奋力抓住木柱，将身体全部重量紧紧压在木柱上。

我的身体和木柱被水推着往前走。天很黑，我什么都看不清，水浪在身体四周喧嚷成一片。我紧紧抱着木柱，一刻也不敢松手。闪电再次亮起来，我看到了水，一大片浊浪滔天的大水。水大到无边无涯，我看不到岸，我不知道岸离我多远。

绝望的泪水流了出来，死亡的恐惧再次占据我的心房。我今晚肯定会死去，死在这浪涛汹涌的大江中。我一定会死得很难看，水浪吞噬我的身体，撕碎我的衣服。我会被迫喝下很多江水，肚子鼓胀起来，丑陋地死去。我的尸体会藏于某一处江边的荆棘丛中，悬挂在某一处崖壁的树枝上，被水冲入某一处黑暗的地下河道永不见天日，还会被鱼吃掉。如果被冲入地下河隐藏起来，或者被鱼吃掉是最好的结果，我的难看就不会有人看见了。这样一来，爸妈和弟弟就再也找不到我了。我不想死，我还很年轻，我还没活够，我还有很多事情要做。我还要谈恋爱，还要成家立业……

"救命啊！救——命，救——命——啊！"

声嘶力竭的喊声刚出口，就被风雨飘摇的黑夜吞没了。头顶上雷声渐弱，闪电间隔的时间也渐变长，好久好久，才听到一声沉闷的炸响，才看到一条耀眼的闪亮。

为了让双手能够很好地掌控木柱，不让木柱被水冲走，我尽量将身体挪往木柱中段。一个浪头冲过来，木柱险些离我而去，我紧紧将木柱抱在身下，一刻也不敢松懈。闪电亮下来，我看到木柱的另一头趴着几条蛇。蛇似乎也注意到了我，它们偏着头盯着我看，嘴里的信子一伸一缩。看到蛇的一瞬间，我吓了一大跳想把身子往木柱的另一头挪，尽量与蛇保持一定距离。手上刚有动作，木柱就摇晃起来，似乎要挣脱我的拥抱。我只好又紧紧抱住木柱，不敢再有任何动作。

从小我就害怕蛇，行走在路上，看到一条像蛇的绳子横卧路中，我都会被吓一大跳。希望蛇待在那个地方不要动，与我保持一定的距离。

死亡的恐惧像漆黑的夜，一直在吞噬我的能量，吞噬我的信心，我已经快支撑不下去了。远远地，我看到了一些微弱的亮光，还听到了狗的叫声，那是江岸上的村寨发出来的。每飘过一个村寨，我就大声呼救：

"救命啊！救命！救——命——啊！"

我的声音很微弱，除了风声雨声和水流声，回应我的，只有那若隐若现的狗叫声。希望在遇见村寨时升起，又在远离村寨时失去。死亡的气息一点点吞噬我的身体，吞噬我内心的希望。我已经不再害怕蛇，我睁大眼睛，想看看蛇是不是还趴在木柱上，或者向我的位置爬过来。除了漆黑一片，我什么都看不到。

## 二

险情不断，江水还在暴涨。晚上十时二十九分，玉水县龙塘乡党委书记何玉柱带着一队人，沿着都柳江岸巡视。

雨停了，雷声小了下去，闪电也不再耀眼。车灯下，大浪汹涌的都柳江宽阔无边，澎湃无涯。江水冲刷漂浮物，在近岸的地方堆积如山。杂物上，不时掠过一些小动物挣扎惊恐的眼神，时不时地，还传来一两声哀鸣。靠近江岸边的一些村子，部分房屋被浸泡在水中。

都柳江还在不断上涨，沿江两岸的龙塘乡陷入了不安。

"团结寨进水了！"挂掉电话，何玉柱让车子调头，往团结寨赶去。在村头制高点，他们遇到了从寨子里撤出的村民。村支书李向军看到何玉柱，过来向他报告：

"所有人都撤出来了，水来得太猛，太突然，除了身上穿的，其他物品和一些牲口，都来不及抢救出来，损失很大。"

何玉柱问："检查了吗？是不是所有人都撤出来了？"

李向军回答："检查过了，所有人都撤出来了，一些大牲口也放出来了。"

何玉柱不放心，叫来团结寨的村民组长问话，确信所有人都撤出，心中悬着的一块石头才落地。他对李向军和村民组长说："只要人安全，那些损失以后再想办法解决。"

何玉柱让李向军和村民组长安排村民们休息，大家都不愿走。五十六岁的梁金凤对何玉柱说："书记，除了身上穿的，我们的房子、一应吃用的东西，那些关在圈中的牲口都还泡在水中。你叫我们去睡，我们哪里睡得着。"

大家都嚷嚷着不愿去休息。有人建议，趁现在雨停了，正好可以组织大家到水中去抢些东西出来，何玉柱制止了大家。

何玉柱还要继续到其他受灾地方去巡查。临走前，他让副乡长陈国水带民政助理石永方留在团结寨，协助李向军做好村民安全看护工作。他对陈国水和李向军说："一定要保护好大家的安全，没有接到县防汛指挥部险情解除的命令，任何人都不得私自进寨去搬东西。"

电话一直响个不停，何玉柱一边安排工作，一边接听电话。

"水漫过了坡脚寨田坝，距村子最低的房子不到一米了！"在坡脚寨指挥抗洪抢险的乡党委副书记张为明打来电话。

"水冲进了甲术寨，甲术寨的人全部撤出来了。"在甲术寨指挥抗洪抢险的乡武装部长孟凡礼打来电话。

"龙塘街上进水了，江岸边和低洼处的居民都已转移到高处！"乡长杜得贵打来电话。

何玉柱一边接听电话，一边急匆匆向车子走去。乡党委秘书钟成贤为他拉开车门。何玉柱的电话自始至终都没有离开耳边。

车子驶出团结寨，沿都柳江向下游驶去。一路上都是水流的声音，不断上涨的江水冲击江岸，发出轰隆轰隆的巨响。平时高出江岸五米的公路，几乎贴近水面。车上，除了何玉柱不断接打电话的声音，大家都静静地坐着，每一个人的表情都很凝重。一路上，车灯不断晃过水面，不断晃过树林。上涨的江水带来的漂浮物，在江岸边静水处不断堆聚，不断集结，在岸和水之间形成一道杂乱无章、而又难以逾越的屏障。一些动物的尸体也被汹涌的大水从江中间激荡开来，丑陋地隐匿在沿江一些垃圾堆中。

几条蛇缠绕在岸边树枝上，彼此依偎着，惊恐地注视由远而近的灯光。鸟儿被车灯和发动机声音惊扰，从树林中飞出，急速划过夜空，又很快消失在黑夜深处。

何玉柱不停接打电话，一个电话刚停，另一个电话就打进来了。上游纳料村支书刘兴胜向何玉柱报告，刚刚他带人在岸边巡查，听到江中有人喊"救命"。他们用电筒向江面搜寻，电筒光有限，江上水面宽阔，杂物太多，看不清楚。他们向江中喊话，得到了回应，是一个年轻女子的声音。

刘兴胜说："书记，水大浪急，我们条件有限，无法展开救援。洞脚寨那个地方是一个回水湾，在那个地方展开营救，或许能把她救上来。"

挂掉电话，何玉柱一边叫驾驶员加速往洞脚寨开，一边电话联系乡长杜得贵，叫他立即带上应急救援小分队，带上橡皮艇，赶往洞脚寨实施救援。

布置完毕，何玉柱立即向县防汛指挥部报告情况。县委书记龙春毅在电话中指示何玉柱："要想办法在洞脚寨组织营救，我这边也带人马上过来。"

放下电话，何玉柱吩咐驾驶员加快速度，争取早一点赶到洞脚寨去布置抢救。车子沿着江岸风驰电掣往洞脚寨赶，风裹挟冷雨不断往车内灌。钟成贤想把车窗关上，何玉柱不让。何玉柱说："窗子开着，江里有什么动静我们才能听到。"

距洞脚寨还有近两公里，江里传来了"救命"的声音。何玉柱叫驾驶员把车停下来，调整灯光往水面上照射。在灯光的照射下，"救命！救命"的呼救声越来越清晰了。

江面太宽，水面上漂浮的垃圾太多，灯光无法照射到发出声音的地方。一堆一堆的漂浮物，随着水浪的不断翻涌，层叠着往下游滚滚而去。

何玉柱站在岸边，大声向水中问道："你是谁？你在什么地方？我们看不到你。"

"救命！救命啊！"

驾驶员指着江中心对何玉柱说："书记，看到了，看到了，在那里！"

顺着驾驶员手指的方向，何玉柱钟成贤都看到了远处快速移动的物体。还没有等他们看清，移动物体就淡出了灯光的照射，淡出了他们的视线。

何玉柱对着渐行渐远的身影大声喊道："不要慌，我们正在想办法救你。你要坚持住！我们已经安排人在下边营救你了。"

"一定要坚持住！"钟成贤和驾驶员也大声喊道。

跳上车，何玉柱拿起电话与杜得贵联系，询问安排情况。电话中，杜得贵着急地喊道："书记，我们到了，正在安排，水太大。漂浮物太多，我们的橡皮艇根本放不上去。小船也划不过去，我们正在想别的办法。"

何玉柱冲着电话喊道："我不管你用什么办法，一定要想办法把人救上来……"

何玉柱的话还没有说完，杜得贵就在电话中说："书记，来不及了，我们听到了呼救声，也看到了她。我们还来不及展开抢救，水就已经把她冲过洞脚寨了。书记，书记……"最后，杜得贵说话的声音变成了呜咽声。何玉柱的脑子变成了一片空白，眼眶也不知不觉湿润了。

何玉柱让驾驶员把车停下来。他悄悄擦掉脸上的泪水，用电话向县委书记龙春毅汇报，他在电话中哽咽着说："龙书记，人没有救上来，被水冲往下游了……"电话那头的龙春毅没有说话，何玉柱听到了他粗重的喘息声。停了一会儿，何玉柱接着说："龙书记，只要人不死，我们应该还有机会把她救上来。往下不到五十公里就是江榕县洛坝乡的甲洛水电站，杜乡长已经电话请求江榕县那边，在甲洛电站组织展开营救，我们乡里也派出人顺江往下搜寻。请书记放心，不见到落水之人，我们决不放弃搜救。"

晚上十一时四十九分，落水女孩漂过玉水县龙塘乡洞脚寨。

# 三

冷，不是一般的冷，身上的骨头包括五脏六腑，似乎都被寒冷浸透了。手冻得不听使唤，身体冻得麻木，大脑昏昏沉沉，上下眼皮变得很沉重。

一股大浪从身后涌来，把我推搡卷入水下，木柱差一点儿离我而去。连呛两口水，喉咙变得火辣难受。

难道生命就这样结束了吗？可怕掩盖了内心的无助。水浪把我卷入水下，水浪又把我冲出水面。我怕死，我不想死，我还没活够！我在水中奋力挣扎，双脚奋力蹬水，双手死死抱住身下木柱。只要有一线机会，都要争取活下去，活到有人来把我救出去。一次又一次渴望，一次又一次挣扎。我不知道大水把我带到了什么地方，更不敢去想我还能够存活多久。

大浪再次把我和木柱冲上水面，木柱另一头的蛇不见了，我感到了从未有过的孤独和绝望。很多漂浮物堆拥在我身边，闪电划过，漂浮物上还看到老鼠、蛇和其他一些小动物。小动物吱吱乱叫，叫声紧张绝望。一望无际的水浪中，除了漂浮物，我什么也看不见。一个浪头接着一个浪头击打我身体，我被击打得晕头转向。

"救命啊！救——命！"远处一抹淡黄色的灯光划过水面，狗的叫声时强时弱，偶尔还有猪的叫声，鸟儿嘶哑的叫声，时而离我很近，时而又离我很远。一个又一个村寨，一线又一线灯光，在我不断的呼救声中，向我急速扑来，又不断急速离我而去。

"救命啊！救——命！"有亮光在我的呼救声中忽远忽近，若即若离。

"你是谁？"

"你在哪里？"

我不知道我在哪里，我不知道漂了多远，也不知道漂了多长时间。我抱着木柱，木柱支撑我身体，在汹涌洪水裹挟下，随着一堆一堆漂浮物，和一个一个浪头，上下沉浮，不停前进。水中伸出来的一些树枝，随着水流不停摆动摇晃，时不时抽打在脸上、身上，打得火辣辣地疼。伴随着疼痛的，还有时不时浸进口腔的咸湿液体。那是我的脸，被树枝打伤后流出的血水。若干次，我都试图抓住一些延伸过来的树枝。只有抓住树枝，我才不会再被水浪推着向前，才可以待在树上，等待有人来把我施救上岸。每次手伸出去，稍一有动作，身下的木柱就拼命摇晃，就想挣脱我的控制。努力了若干次，都是徒劳无益。有些树枝太小，刚抓到手就折断了，或者身下的木柱太过摇晃，不敢完全把手伸出去。最终，我什么都没有抓住，反而被弄得精疲力尽。我放弃了抓住树枝自救的企图，全身心扑在木柱上，不再去关注周围的环境。此刻，身下的木柱就是我的救命稻草，唯有不让木柱与我分离，我才有活命的机会。

浪花不断涌动，一堆一堆漂浮物从我身边呼啸而过。漂浮物撕扯我身体，扯烂我衣服，在我身上划出一道一道伤痕。

"救命啊！救——命！"

嗓子快喊哑了，喉咙几乎发不出声音，我几近绝望。每遇亮光，我都不停呼救，哪怕亮光远到只是一小点一闪而过的微弱亮光，我都不放弃呼救。呼救越来越多地得到了回应，给绝望中的我重新燃起了希望。听到我呼救，向我聚拢的灯光慢慢多了起来，我看到的光亮也越来越长久。灯光一路追逐，伴随着我往前走。灯光照射下，我听到了汽车引擎的声音。我在水中前行，汽车在岸上追逐我前进。有车灯射向水面，在水面晃来晃去，有人站在车边，对着水面大声喊话。灯光在水面搜索寻找，喊话的人在为我打气。明晃晃的灯光里，我有时会挥起一只手，示意我所在的位置。听到我的呼救，喊话的人用更大的声音回应我：

"坚持住，前方正在想办法救你！"

"听到你声音了，我们在想办法救你，你一定不要放弃。"

"一定要坚持住，前面坝上有我们救援队，我们会把你救上来！"

……

恐惧，疲倦，困意阵阵袭击大脑，眼皮耷拉下来，好几次都差点睡过去了。为了不让自己睡过去，我不停地呼救，也不管是否会有人听见。不停地呼救，嗓子慢慢变得难受，我已经顾不上，我不能让自己睡过去。我在心中默默对自己说：一定要坚持住，坚持住才能活下来。

害怕不小心睡过去木柱漂离身体，我将身上被漂浮物撕成条缕的衣服，拉出来绑住木柱，将木柱和身体固定在一起。固定了身体，我的手再挥起来，木柱也不再那么摇晃了，手也挥得更高了。

四

晚上十一时五十六分，接到玉水县的求救电话，江榕县委书记杨江宏来不及召开会议，电话安排县公安局局长赵振雷，带一队救援人马赶往甲洛电站。刚布置完毕，洛坝乡书记毛国喜打来电话报告：

"杨书记，我们乡救援队已赶到甲洛电站，正在和电站古站长他们一起组织救援。大坝的九个泄洪闸全部是开着的，水流很急，对实施救援很不利……"

毛国喜的话还没有说完，杨江宏就对着电话喊道：

"想办法，你们一定要想尽一切办法。和古站长商量，相信你们一定会有好办法的。公安局赵局长他们过来了，你和古站长对周围环境情况比较熟悉，你们要协助赵局长他们开展救援。要多想办法，多制定几套方案，一定要把落水女孩救上来。还要注意安全，要保证参与救援人员的生命安全！"

放下电话，杨江宏带上秘书，驱车驶往甲洛电站。

赵振雷带领的救援队，一路拉响警报，风驰电掣往甲洛电站赶去。凌晨一时四十八分，在距离甲洛电站还有近两公里的一处山腰，公路被泥石流冲垮，车子不能再往前开了。赵振雷下车查看，垮塌的地方有一百多米，混浊的洪水裹挟泥沙不断从山上滚滚而下，通过垮塌的豁口，流向深谷。赵振雷一边叫所有的车子往后倒，远离泥石流，一边打电话向在电站的毛国喜了解情况。

毛国喜说："我们派出去观察的人刚才报告，人还活着，他们已经听到呼救声了，估计很快就会到坝上。赵局长，你们到什么地方了？我们需要支援。"

赵振雷告诉毛国喜，公路塌方了，车子过不去，他们准备跑步过去。短暂的沉寂后，毛国喜对赵振雷说："恐怕来不及了！"

赵振雷询问毛国喜坝上救援的准备情况，毛国喜说：

"我们都做了充分的准备，但救援难度很大。水流太急了，刚才我们试了一下，救援的船只根本放不下去，船一到水里就被强流往坝口吸，拉船的钢绳都快被绷断了。我们把乡里来的人和甲洛电站的人组合分成四个组拦截。从甲洛电站往上，每隔两百米一个组。赵局，我不多说了，最上边一个组已经发现目标了……"

毛国喜的话还没有说完，电话中就传来了"嘟嘟"的声音。赵振雷"喂喂"了两声，无奈把电话挂上。赵振雷接着打电话向杨江宏汇报了他们的情况。

杨江宏比赵振雷稍晚出县城，车还没有拐上通往甲洛的公路，赵振雷的电话就打进来了。听到前面公路塌方，赵振雷的救援队受阻，杨江宏的心情变得很沉重。他让驾驶员把车停在路边，坐在车上打了几个电话。杨江宏第一个电话打给上游玉水县委书记龙春毅，请求他们就近增派救援队赶往甲洛电站，协助对落水女孩展开救援。杨江宏第二个电话打给下游都江乡党委书记孙富强，布置他在都江乡组织抢救。杨江宏对孙富强说：

"甲洛电站不能把人救上来，最佳的救援点就是你们都江了。无论如何一定要在那里做好救援准备。你现在就做好安排，我和赵局长马上赶过来。"

电话中，孙富强叫了一声"杨书记……"，杨江宏没有让他继续说下去。他说："我知道你的意思，从甲洛坝上冲下来，人早没命了。现在你不要想那么多，赶快去安排。就是人死了，我们也要把她捞上岸，让她的父母见上一面。"

杨江宏还想打第三个电话，打给在甲洛坝上组织抢救的毛国喜，摁出第一个数字，他没有再继续往下摁了。杨江宏从车上走下来，往甲洛电站方向看，前方是一望无际黑黝黝的大山，什么也看不见。不知什么时候，他的眼角浸出了泪花。他知道，落水女孩不能在甲洛电站被救出，恐怕就永远救不上来了。布置在都江拦截抢救，那也只是一种应急对策。对于落水女孩的施救，恐怕是无济于事了。

凌晨二时十七分，甲洛坝上，毛国喜急急挂掉赵振雷电话，接通了乡长张劲松的电话，张劲松焦急地说："书记，我们听到声音了，我们看到她了！书记，水太大，我们的船靠不上去，还没到中间就被冲跑了。书记，我们没能实施救援，她下来了，过我们这里了，你们赶快做准备。"

毛国喜的第二道防线也遇到了第一道防线的同样情况，在成堆的漂浮物面前，救援船只无法驶进江中，连着冲锋了几次都是无果而返。要不是参与救援的电站职工有经验，救援船就差一点儿被漂浮物缠上了。呼救声传来了，越来越近。探照灯光的照射下，只见一个女孩趴在一棵木柱上，上下沉浮，被水推涌着，快速向前移动。落水女孩距江岸近三百米，毛国喜和他的救援队，根本来不及展开救援。他们只能眼睁睁看着落水女孩，一边呼救，一边随着洪水，急速滑出他们的视线。

毛国喜一边打电话，一边率领救援人员，大开车灯，追赶落水女孩的呼救声，快速向坝上驶去。

接到第二道防线的通知，在第三道防线上的甲洛电站副站长解洪平，和另外一名职工，开着冲锋舟前去营救。冲锋舟快近湍急的水面，在水面上一个一百八十度大转弯，差一点被漂浮物挂住了。眼看冲锋舟就要被湍急的水流吞没，岸上的人们急得大喊起来。关键时刻，解洪平一个急转弯，将冲锋舟驶离了危险区域。

落水女孩刺耳的呼救声，在第三道防线所有人的叹息声中，再次被水冲走了。

甲洛电站站长古明禹望着五百多米宽的水面，不知道如何是好。上游几道防线用过的救援方式，都是之前设计好的，都不管用，到他这里，估计也是徒劳无益。特别是第三道防线出现救援船被漂浮物缠住，差一点儿酿成大祸，说明救援工作比当初预想的更加难上加难。

围在古明禹身边的救援人员都脱光衣服，只穿着一条短裤，部分人手上擎着一棵长长的竹竿，竹竿上用绳子绑着一个救生圈，做着随时下水救人的准备。这些人都是电站的职工，都有一身好水性，平常游过四百多米宽的坝面都不是问题。但是，面对这样汹涌的洪水，谁也不敢保证能够在水中把人救上来。

呼救声传来了，在坝上和坝两边灯光聚拢下，落水女孩清晰可见。落水女孩抱着一根木柱，在水浪中一沉一浮。灯光照射下，落水女孩不停挥动手臂。落水女孩所在位置几乎是在江道中间，距一边岸近三百米，距另一边岸两百多米，岸上人们手上拿着的所有长竹竿都无法企及。人们都在望水兴叹时，古明禹和一名职工发动冲锋舟，在人们的惊呼声中，轰大油门向激流冲去。

前方不到三百米，就是大坝泄洪口，从泄洪口方向传来的一股吸力，紧紧咬住从急流中经过的任何物体，往泄洪口拖去。眼看古明禹他们的冲锋舟也要被那股吸力拖往坝口，所有人的心都提到了嗓子眼。

古明禹在水上连着三次冲锋，冲锋舟都无法到达落水女孩身边。古明禹准备再做第四次冲锋时，落水女孩被水浪推向了更远的激流。

凌晨三时零六分，在人们的又一阵惊呼声中，落水女孩被卷入其中的一个泄洪口，随着咆哮的滚滚洪流，瞬间不见身影……

# 五

"救我！救——命！救命……"

一股急流突然以巨大的力量裹住我，把我从空中抛起，狠狠砸向水面。

这次真死定了，我下意识闭上了眼睛。

再次从水里冒出头，木柱已经脱离了身体的控制。我身上什么都没有了，就连身上穿的衣服，全部被水掳走了，条条缕缕都没给我留下。

轰鸣的流水声，一望无际茫茫的江面，从水里钻出来好一会儿，我才弄清所在位置。从高处冲下的一刹那，我以为我死了。从水里再次冒出头，我只是喝了好几口水，被水呛着一阵猛咳。我没有死，我又活过来了。我全身冰冷，说不出的疼痛，嘴里流着血。被水冲下高坝的我，暂时捡回了一条命。我的门牙被撞断了两颗，嘴里有血流出来，又被我咽进了肚里。没了门牙，嘴巴就像缺了一扇把风的门，一张开嘴，门牙断裂处，传导出刺骨般的疼痛。

眼睛进水了，变得热辣辣的疼。我一边划水，一边使劲揉眼睛，朦胧中仿佛看见了阳光，从头顶上照射下来，直直地照射在我面前的水面上。眼睛慢慢变清晰了，发现那不是阳光，是高处大坝上投射下来的灯光。

"救命啊……"

没了门牙，刚张开嘴，一口水就灌进了喉咙。吞下水，猛烈咳嗽起来，眼泪、鼻涕、口水，连同委屈、绝望一股脑儿从胸腔迸发。水汽侵入口腔伤口处，口腔火辣辣地疼。江水呛入气管深处，喉咙火辣辣地疼。冷水刺激身上皮肤，全身火辣辣地疼。

赤裸的身体浸泡在江水中，疼痛让我暂时忘掉了羞耻。我不停地扑腾，不停地呼救。

"救——命！"

大坝上投射过来的灯光很亮，漆黑的水面，因了这些灯光，变得清晰明亮。我奋力扑腾，抓到了漂浮在我面前不远的一棵木柱。身体压到木柱上，我一下子感到了一种依靠，也感到了暂时的轻松。

"救救我！"我绝望地哭了起来。

一手抱紧木柱，一手拼命摇晃，口中不停呼救。缺了门牙，喊出的声音就像漏气的风箱，一部分"咝咝"地从门牙缺失的豁口跑出去，呼救的声音变得模糊不清。

岸上的人发现了我，更多的灯光从坝上移动下来，顺着江流往前移。我听到了车子引擎轰鸣的声音，听到了摩托车跑动的声音，听到了嘈杂的议论声和喊话声。有人大声喊着说：

"还活着！没有死！"

"快看，在那个地方，真的还活着！"

更多的灯光向我所在位置聚拢，将我身前身后映照得如同白昼。我不顾自己身体赤裸，在灯光中不停欠起身体，不停挥手呼救。

"姑娘，我们看到你了。你要坚持住！县里救援队在前边等着救你，他们一定会把你救上来！"

"姑娘，不要放弃，你是好样的，一定要坚持住！"

"坚持住！再坚持一会儿，我们一定能把你救上来！"

……

越来越多的声音穿透水面，灌进我耳朵，点燃我求生的希望。这些声音让我知道，前面有人在等着救我，只要不放弃，我就有获救的机会。

江面平缓了，水流不再像之前那样湍急。身前身后都是流动的大水，水面宽阔得无边无涯。流动的江水一浪推着一浪，汹涌澎湃地向前移动。江水把我推离坝上那些灯光，推向黑黝黝的前方。紧紧抱住木柱，眼睛睁到最大，注视着我经过的每一个地方。一路上，不断有灯光跟着、伴着，还有很多声音在不断向我喊话。灯光相伴，喊声鼓励，我虚弱疲倦的身体获得了力量的支撑。

身边堆聚的漂浮物少了，水流的速度明显加快了，身体在水流中前进的速度也快了起来。岸上那些相伴的灯光，也快速移动起来。已经喊不出声音了，有灯光照射到江面，我不停地挥动手臂。

"坚持住！县里的救援队在前边，他们一定能把你救上来！"通过扬声器喊出来的声音特别响亮，即使有时看不到灯光，我都还能清晰听到喊声。

来自岸上的声音就像接力棒，一个接一个，同时传递着一个共同的信息：有救援队在前边某一个地方等着救我，只要坚持下去，我就能活命。

# 六

"杨书记，还活着！她还活着！"

凌晨三时十一分，接到毛国喜打来的第一个电话，杨江宏明白甲洛电站的救援失败了。落水女孩被卷入大坝泄洪口，冲向三十六米高的坝下。从如此高的地方被激流冲下，即使不被卷入水底，生存的希望也很渺茫了。

电话刚挂断不久又响，还是毛国喜打来的。也许是激动，毛国喜的话说得语无伦次，毛国喜重复了两次，杨江宏才听清楚：被从甲洛电站大坝泄洪口冲下的落水女孩还活着。毛国喜的电话让杨江宏有些不可思议，从那么高的地方被冲下来，人还活着，真是个奇迹！

杨江宏让驾驶员驱车往都江赶，从他们所在的位置往都江，路程不到二十公里。车上，杨江宏打出了几个电话，一个电话是打给在县防汛指挥部的江平县长，安排在防汛指挥部待命的另一个应急救援队赶往都江，参与营救工作。杨江宏的第二个电话打给都江乡党委书记孙富强，询问救援的安排情况。杨江宏第三个电话打给正往都江赶的赵振雷，得知赵振雷所率救援队已进都江，急令他赶快和孙富强联系，对救援进行部署安排。

都江距甲洛电站四十一公里，都柳江流到都江，将都江乡政府所在地冲刷出一个六千多平方米的小坝子，都柳江沿着都江坝子，先是贴着一边的大山往前流，流出四百多米，呈Ｓ形绕过都江街上，进入一片田园。在上游山谷间左冲右撞，桀骜不驯的都柳江，流到都江逐渐变得缓慢，温驯得如羞涩的少女。经过近五公里缓慢流淌积蓄，穿过都江的都柳江，在一个叫塘家湾的山口，急速冲下近六十米高的断崖，吼出振聋发聩的呐喊，奔腾咆哮冲出山谷，进入广西天峨县。

凌晨四时零八分，杨江宏赶到都江，赵振雷和孙富强已将救援工作部署就绪。县城赶来的救援队，也在都柳江进入都江的第一个弯道口，布置了第一道救援防线。所有救援人员得知落水女孩在水中漂游近十一个小时，漂游一百二十多公里，在甲洛大坝被冲下三十六米高的泄洪口，还存活着，都为女孩生命的顽强和求生精神所感动，都铆着劲儿一定要在都江把女孩救上来。

距都江大桥不远的江岸，农户周顺福家的一栋三层小楼上，杨江宏站在楼顶，透过灯光，注视着奔腾的都柳江。从上游涌来的洪水，一浪接一浪，从周顺福家小楼旁经过，不断翻滚，不断猛烈撞击都江大桥的桥墩，发出振聋发聩的轰响。

孙富强来向杨江宏汇报情况，他的身后跟着五十三岁的邓天水和四十八岁的邓宜春，还有五个跟他们年纪不相上下的中年人。孙富强指着这些人对杨江宏说："杨书记，邓天水他们几个想参加这次救援行动，我和吴乡长认为太危险，不同意。他们非要参加，听说您在这，他们要来向您亲自汇报。"

都江大桥下，是邓天水他们长年出发去打鱼的地方，他们用来打鱼的小船停泊在桥下不远的地方。邓天水他们的方案，就是从都江大桥下划船顺着水流往下冲，冲过激流，拐进 S 弯的第三个弯道，在弯道靠近山脚的地方实施救援。邓天水说："杨书记，我们几个长年在都柳江上打鱼，对都柳江的水性很熟悉。只要让我们参加，我们保证能把人救上来。"

邓天水说完，杨江宏问孙富强："孙书记，你认为怎么样？"

孙富强说："这倒是一个不错的办法，但实施起来太危险。"

邓天水抢着说："不会有危险，以前涨水，我们都是这样划船到那边山脚下网，从没出过危险。"

杨江宏和在场的赵振雷等人商量，认为风险太大，不同意邓天水他们的行动。

见杨江宏等人都不同意，邓天水急了，他说："杨书记，我们这几个人都是在都柳江里摸爬滚打长大的，江中哪里有棵草，哪里有颗石头我们都一清二楚。比这个大得多的水我们都见过，也划船闯过，都没有出过事。相信我们，不会出事的。"

邓宜春也附和说："请领导们放心，我们一定能把船划过去，把人救上来，还不会有事。"

其他几个人也纷纷表示，保证不会有事。有人甚至说，愿意立军令状，有事也不要政府负责。

看到邓天水他们态度很坚决，杨江宏再次和赵振雷等人郑重商量，决定在原三个方案的基础上，把邓天水他们提出的救援方案，确定为第四套救援方案。前三套方案都失败了，再启用第四套方案。杨江宏不同意去这么多人，他叫邓天水和邓宜春，在同来的五个人中再挑两人做助手，每两人一张小船，组成第四救援队在江边待命。

杨江宏一次又一次叮嘱邓天水和邓宜春："必须要在前面所有救援行动失败后，才能开展行动。"

杨江宏握住他们的手说："话我也不多说了，一定要注意安全。没有把握不要冒险，我不希望你们有什么事。"

邓天水他们要下去做准备，杨江宏问还需要他帮做什么。邓天水说天有点冷，想喝口酒暖暖身子。杨江宏对身边的孙富强说："孙书记，你这里有什么好酒，选最好的一瓶给我拿过来，我请邓师傅他们喝。"

都江坝子沿江公路上，车辆排了近两公里长。每辆车都大开车灯对着江面，将江面映照得如同白昼。

都柳江进入都江第一个拐弯处，水面宽阔，树枝杂乱，第一救援队带来的橡皮艇无法放进水里，救援行动几乎无法开展。县武装部长宋永生留下四人在这里继续观察，寻找机会展开救援，其余人沿江岸继续搜寻，寻找最佳救援点。

都江大桥上，第二救援队在等待救援的时间里，用绳子绑上救生圈抛向江面，进行营救演练。通过桥下的杂物太多，救生圈一到水里，就被杂物缠住，不到两秒钟，绳子另一头的救生圈很快就被杂物撕碎，只留下一棵空绳子。再抛，救生圈不是被杂物钩破，就是水太大，拉不住，救援队好几个人的手都被拉伤了。

都江码头位于江流 S 弯拐弯处的弓背上，是最佳的救援地。赵振雷带着六个干警，孙富强带着乡里的民兵救援队，在弓背处形成了一个由十六人组成的庞大救援队。

凌晨五点二十六分，落水女孩被冲到都江。跟随落水女孩到来的，还有一路上相伴她的汽车、摩托车灯光，以及不断鼓励她坚持的喊话声。

在岸边灯光的照射下，落水女孩抱着一截木头，随着一些杂物很快通过第一个救援点，又急速冲过了都江大桥，这两个地方的救援行动，都以失败而告终。

江水在 S 形弓背处通过都江码头大急弯，把落水女孩和一些杂物推向距离岸边不到十米的地方。救援队向落水女孩抛出救生圈，第一个救生圈很快被水冲开，第二个救生圈落在了距落水女孩两米左右的地方。落水女孩放开抱着的木头，返身来抓救生圈，岸上所有人的心都提到了嗓子眼，喧闹的声音全部静寂下来。

落水女孩抓住救生圈，身体扑在了救生圈上。几个救援队员迫不及待跳进水中，游到救生圈旁边，扶着救生圈，把落水女孩护送上岸……

凌晨六点十九分，震耳欲聋的欢呼声中，天边露出了一缕白光，救护车载着落水女孩，鸣笛驶离了都江。经久不息的喇叭声中，一辆接一辆车子，在晨曦到来前，大开车灯，紧随救护车，缓缓驶离都柳江岸，驶出都江坝子。

# 冰天雪地

车到唱歌坪垭口，不能再往前开了，驾驶员老郑说前面陡坡路上的冰结得很厚。车从唱歌坪南面爬山时，我已经感受到了路上的冰滑。虽套有防滑链，车子走在路上仍像醉汉，不断画着曲线。上坡时心中还不是很恐惧，而下坡，这种画着曲线的行走就意味着危险，稍一不慎车子就会滑出公路。更要命的是天说黑就黑了，暗夜里到处反射着凝冻的白光，更增加了夜的恐怖。在这样的黑夜，顶着路上这么厚的一层冰，硬要闯过这个近两公里长的陡坡，谁也不敢保证不会出事。

我问老郑能不能让车慢慢往坡下滑。老郑下车看了看，回到车上说路上的冰层太厚，他不敢冒险。同行的电视台记者李玲芳听说车不能往前走，我们将要被迫留在山上过夜，就叫了起来："不往前走，要让我们在这里冻死啊！"

暂且不说今天能不能把了解到的信息及时传回市委，这么冷的夜晚，我们几个人待在山上过一夜，等到明天，还不知道能不能够活得下来。

路上刚有解冻的迹象，我就受命到海拔最高的玉墨县大田乡去了解灾情。临出发，电视台记者李玲芳要跟着去采访，我不想让她一个年轻女孩跟着去冒险，打电话给电视台杨台长，叫他把李玲芳调回去。杨台长说李玲芳自己要求深入灾区一线采访，他没有理由不同意。台长还给我透露消息，是市委李书记要派她去的。台长的话让我突然想起了李玲芳的父亲——我们这个市最大的父母官，既然是他要让自己的女儿去冒险，我还有什么话可说呢。对着电话狠狠骂了一句脏话，我挂断了电话。

拉开门坐到副驾驶位置上，把门狠狠带上的同时，没好气地对驾驶员老郑说："走！"

上午九点从市里出发，车到唱歌坪已快中午十二点，路上的冰块虽没有融化，也没有想象中的那样厚实，车子一压就破碎了。老郑一边开车一边自言自语地说："但愿回来时路上的冰还是这种样子就好了。"

我们赶到大田乡，还来不及喘一口气，天又下起了冻雨。雨从天空中飘下，落到地上经风一吹，马上结成了冰。雨一下，老郑就催促我们往回赶，说天黑就回不去了。我知道来一趟大田不容易，就想多了解一些情况，多弄些第一手资料。李玲芳也想多拍摄一些镜头，我们都对老郑说不急。直到老郑对我们两个发火，吼着催我们上车，我们才恋恋不舍上车往回赶。一路上又飘雨又结冰，回去的路比来时更加难走。路上，白天融化的冰水又重新结成冰块，路变得又硬又滑，老郑小心翼翼，把车开得很慢。原来一个半小时就可以从大田走到唱歌坪，我们足足走了四个多小时都没到。赶在天黑前通过唱歌坪的设想，已是不可能实现了。

在北风的作用下，唱歌坪大坡北面公路上，厚厚的冰块就像一面不规整的大玻璃，顺着弯弯曲曲的山路往前延伸，往路的两边延伸，把路与山、山与路、路与远处的天际，结成了一片一望无际的冰原。老郑将车子停在山垭口上，拉开车门走下车，没走两步就一仰八叉摔在了冰块上。我和李玲芳都惊叫起来，同时拉开车门问老郑摔着没有。老郑从地上爬起来，一边下意识地用手拍着衣服，一边对我们说没事。

老郑掏出手机按了一串号码后放到耳边，听了一会儿拿下来看了一眼，然后又放到耳边去听，连续几次。站在一边的李玲芳说："不用费劲了，没有信号，刚才我试过了。"

老郑瞪了李玲芳一眼，选择一个高坎，手脚并用爬上去，在上边又连续重复了几次拨打电话的动作，最后走下来无可奈何地对我们说："还是没有信号。"

李玲芳叫老郑别费工夫，她说全市断电已经十三天，除了市县所在地，很多地方的移动通信基站早就瘫痪。乡镇所在地都打不通电话，在这样的荒山野岭，更不会有信号。

老郑从车上取出手电筒去探路，我急忙也拿着电筒说要跟他一起去，李玲芳也要跟着去。我瞪了她一眼，叫她回车上去，别跟着添乱。李玲芳不肯，说："你们两个大男人都走了，把我一个小女子单独留下，我害怕。"

老郑看了李玲芳一眼，叫我别去了，他只到前面转弯那个地方去看一眼。要是那里背风，就想办法把车子挪到那个地方，弄一些柴火来烧火取暖，等待救援。

我没再坚持和老郑一起去探路，只是嘱咐老郑要多加小心，注意安全。

老郑往前走去，由于路滑，走不到两步就一个趔趄，拿着的电筒猛晃了一下，我和李玲芳都惊叫起来。稳住身子后老郑索性坐到地上，一手拿着电筒，一手撑在地上，一步一步往前滑去。我把手电筒关上放进衣服口袋，把冻僵的手放到嘴边使劲呵气。这种暖手的办法一点儿都不管用，呼出来的气还没有碰到手上就变成冷气了。

李玲芳向我靠过来，说她有点害怕。我没好气地说："现在知道害怕了吧，叫你不要跟着来你不听。你家老子也是，让一个姑娘家跟着来冒险，天下再没有这样狠的父亲了……"

我的话还没有说完，李玲芳就叫着说："我是我，你别扯到我爸头上，是我自己要跟着来的，跟他没关系。"

我没再理会李玲芳，叫她到车上去。她站在车边赌气说："我不上车，我要在这里看着老郑。"

我抓着李玲芳的手臂把她推上车，她一边挣扎一边大声说："你干什么，把我的手都弄疼了。"

我没有理会她的尖叫，拉开车门把她推到后排座位，关上车门，顺手拉开前门，坐到前排副驾驶座位上。李玲芳还在后排嘟哝："你这人，一点儿都不会怜香惜玉。用这么大的劲，我的手都快断了。"

　　借助车外的白光，我从后视镜看到李玲芳蜷缩在座位上。尽管车上很暖和，她还是两手紧抱在一起，头和脖子紧缩在衣领上的围巾中，一副楚楚可怜的样子。我真后悔当时没有硬下心肠赶她下车，若是出现三长两短，我真要变成她父母和那些记者眼中的罪人了。

　　老郑手脚并用爬过来，一直爬到车子边才站起来。我焦急地问情况怎么样？老郑说："前面转弯处也是一个风口，根本找不到避风的地方。"

　　看到老郑焦急失望的样子，我叫他先到车上暖和暖和身子再想办法。

　　坐到车上，老郑对我说："往前走是不可能了，唯一的办法是弃车，先到附近寨子找老百姓家过一夜，明天再想办法来把车开走。"

　　老郑征求我和李玲芳的意见，见我们都不反对，他继续说："距这里不远的山坳有一个寨子，大概两里路左右。慢一点儿走，最多一个半小时就能走到。"

　　从车上下来，老郑在前我在后，李玲芳走在中间，两只电筒我和老郑一人拿一只。临走时李玲芳一定要带上她的设备，她说那是台里的财产，放在车上被人偷去她要负责任的。锁上车门，老郑从李玲芳肩上把摄影包拿过来，挎到自己肩膀上，带头往冰雪中树林里的那条小路走去。

　　还没有走出公路，李玲芳就接连摔了几跤，最后那一跤摔下去后就站不起来了。我和老郑刚把她从地上拉起来，她就"哎哟哎哟"地喊疼。问她怎么了，她说脚摔坏了。

　　脚摔坏了，坏到什么程度？问她她也只是一个劲儿地喊疼。见此情景，老郑叫我扶住李玲芳，他在李玲芳的指点下用手摸了摸她脚的摔伤处，对我说："脱臼了。孟部长你扶住她，我帮她动一下看能不能复位。"

　　李玲芳的全身重量压在我身上，我已经不是在扶而是在抱着她了。

我刚把李玲芳抱住，就见老郑手上一用力，李玲芳大声"哎哟哎哟"叫了起来。老郑站直身子，对李玲芳说："好了，已经复位，你试一下看能不能走？"

我把手放开，李玲芳受伤的脚刚放到地上，就"哎哟哎哟"叫唤起来，整个身子也随着受伤的那只脚往雪地上倾。要不是我和老郑一边一个急忙扶住她，她又要摔到地上。

夜色越来越浓，空气也越来越冷。风从耳畔呼呼刮过，像一把钢刀，带着寒冷切割在皮肤上，把裸露在衣服外的皮肤切割得生疼。除了风，坚硬的冰块，黝黑的寒夜，无边无际的冰林都让人寒毛倒竖，心跳加速。

我提议和老郑轮流背上李玲芳去找寨子，老郑不同意，他说："这条路本来就很难走，一结冰就更难上加难。这样的路自己走都很困难，再背一个人，还没等找到寨子，大家都要被摔趴在路上。"

李玲芳也不同意我们背她走，她叫我们把她送回车上，我和老郑两人去找寨子，找到寨子后再来接她。她的话还没说完，就遭到了我和老郑的反对。我问老郑怎么办，老郑说："只好这样了，孟部长你和小李回车上去，我去找寨子。找到寨子，再和老乡来接你们过去。"

要是换成另一种场合，老郑的话正合我心意。和一个年轻漂亮的女生单独待在前不着村后不着店的荒郊野外，周围只有树，只有风，没有人打扰，即使不发生故事，感觉上都很浪漫。但在这样一个非常时期，寒风吹拂，冰雪压抑，随时都有可能被冻僵甚至会被冻死的恐惧，让我已经忘记了浪漫。这样的黑夜，我不想单独和李玲芳留在山上，我是那样的迫切希望老郑不要离开我们，留下来陪着我们或者是带着我们一起走。此刻老郑已经成了我的主心骨，有老郑在，严寒和黑夜就不可怕，我就有坚持下来的信心。

心中虽然希望老郑能留下来，但我也明白，老郑不去找寨子，我们就都没有活路。只有老郑去找人来救我们，我们才会有活路。我不死心，对李玲芳说："我们扶着你再走走，最好三个人一起去，路上好有个照应。老郑一个人去，我不放心。"

我现在的不放心包含了两层意思：一层是老郑一个人走，路上很让人担心；另一层也担心老郑在寨子里找不到人，就不来接我们了。我有理由这么想，市委办的驾驶员跟惯了领导，平时都爱端着架子，见人都爱搭不理的，只买领导一个人的账，都不把其他人放在眼中。特别是我们这些管不着他们，和他们又没有什么直接关系的部门副职，他们更不会放在眼里。还有就是现在的村寨，青壮年都出去打工，家中留守的多是一些老弱病残。在这样黢黑的夜晚，在这么寒冷的季节，路上又结着这么厚的冰块，老郑能找到人来救我们吗？没有人来，老郑怎么来救我们？

我嘱咐老郑，进寨找到人就赶快来接我们，时间长了我怕李玲芳受不了。其实我最担心的是老郑到了村寨，坐到暖融融的火炉边，就把还在野外挨冻受饿的我们两人给忘了。

老郑说这条路他走过，应该没什么问题。他也赞同我的意见，让李玲芳再走走试试，大家一道走是最好的办法。刚一迈步，李玲芳就"哎哟哎哟"叫唤起来，龇牙咧嘴一个劲喊疼，受伤的那只脚不敢落到地上。

老郑和我把李玲芳重新扶到车上。老郑把车钥匙交给我，对我说："孟部长，你们可以发动车子，打开暖气取暖。"

临走，老郑把我拉到一边，紧握我的手说："孟部长，你一定要照顾好小李，要等到我回来。相信我，我一定会找到人来救你们。我虽然只是一个驾驶员，但我也是市委机关第三支部的组织委员。"

说完，老郑打着电筒慢慢向公路边丛林中的小路摸去。快要从公路踏上小路，老郑又折返回来，敲开车门对我和李玲芳说："孟部长，小李记者，你们千万一定要等我回来，我一定会找到人来接你们，你们只要待在车里不动就不会有事。还有，空调上来后，车窗不能全部关死，要留一条缝透气。"

关上车门，我问李玲芳冷不冷？黑暗中李玲芳说不冷。停顿了一会儿，她幽幽地说："孟部长，你不会怪我吧？都是我拖累了你，要不然你就可以和郑师傅一起走，也就不用在这里挨饿受冻了。"

此刻我感到十分憋气和窝火，一肚子火很想找地方发泄出来。如果不是顾忌到她是个女孩，我肯定要狠狠臭骂她一顿。虽然不能骂，我也不能给她好脸色看。李玲芳说话时，我仍透过车窗盯着渐渐没入冰丛中的老郑，假装没有听见她在说什么。

见我不说话，李玲芳也知趣地闭上了嘴巴。

车上仅有的两只手电筒全被老郑带走了。老郑的电筒光完全消失在远处冰原上的那片树丛中，一点儿都看不见时，我突然间感到了前所未有的害怕。

风从远处呼呼刮来，一阵阵击打在汽车挡风玻璃上。我和李玲芳都不说话，各自坐在车子前后排座位上，喘着粗重的浊气。车子发动机转动的声音，在空寂的夜晚特别刺耳，空调释放出的暖气让人昏昏欲睡。精神高度紧张的我此刻无法入睡，眼睛刚闭上又马上睁开。

夜深了，风越来越大。山上结满了冰的树在大风的吹刮下，发出断裂的"啪啪"声。时不时地，就会听到树枝被吹断掉地发出"哗啦啦"的响声，偶尔还会传出不知是什么动物的惨叫声，让人毛骨悚然。我偷看李玲芳，见她蜷缩在后排座垫上，身子紧靠靠背，大睁着眼睛紧盯车子前方，一副孤立无助的样子。

看到李玲芳楚楚可怜的模样，一股怜惜之情从心底冒了出来。我问李玲芳脚还疼不疼？李玲芳说："不太疼了，就是有点怕。"

我说："有车子包着，你怕什么。有什么风吹草动，我这个大男人一定向前，就是拼着这条老命也一定要保护好你。"

为了表示我能保护李玲芳，我把身上的皮衣脱下来，递给李玲芳，叫她披上取暖。李玲芳不接我的皮衣，幽幽地说："孟部长，你如果要想表现男子汉的气魄，就不用给我送大衣。你干脆坐到后排来，挨近我一点儿，我就不会感到害怕了。"

李玲芳的话让我一怔，我有些犹豫不决，不知道该不该坐到后排去，坐到李玲芳身边去。李玲芳接着又说："孟部长，你不敢吗？"

我不再犹豫，猫着身子从前排钻到后排，坐到李玲芳身边。我的屁股挨到座位上，李玲芳向一边挪了挪身子，与我拉开了一段小小的距离。这一个距离让我感觉到了她对我的防备。也许是她真的感到害怕，才叫我到后排来陪她。

我将头靠住椅背，半眯着眼睛紧盯车子前方。透过车窗，我看到了一片银白的世界，从车子旁边一直向远处延伸。要不是寒冷，这片无边无际的银白，一定是一片美丽诱人的世界，能够带给人很多遐想。此时此刻，这片银白却特别让人感到恐惧。天地间的这片白光，就像潘多拉盒子里释放出来的魔怪，紧紧将我们乘坐的车子包裹在它的魔力中。让我们恐惧，让我们胆怯，让我们寒冷。

因害怕和恐惧，我和李玲芳身体刚才拉开的距离，不知不觉地，又被她靠过来的身体填满了。过了一会儿，李玲芳对我说："孟部长，我们说说话吧，这样憋下去太让人难受。"

我也很想同她说话，但不知说什么。我问她想说点什么，她说："随便说吧，说什么都行，要不我先说，我说完了你说。"

李玲芳从她大学时代说起，说学校的奇闻趣事，说她的学生生活，一直说到她那不成功的恋爱。

我同李玲芳谈到了我的从政生涯，谈到了工作中的见闻，谈到了我从政这么多年的酸甜苦辣。谈到我在一个县当县委副书记，有一次到洪灾中去参与抢险，差点把命都送掉时，我问李玲芳信不信。李玲芳说她相信我说的事都是真的。她说："就像今天，这么一段危险的路，市委这么多领导，很多人的官都比你大，一个个都不下来。你却冒着危险赶来了，就是最好的证明。"

我说："不是大家都不来，而是这个地方应该我来。大田是我的联系点，它的受灾情况我应该第一个掌握，这是别人所不能替代的……"

我的话还没有说完，就被李玲芳打断了："算了吧孟部长，不要说得那么冠冕堂皇。你们这些人我还不知道，工作起来就什么都不顾了，像我爸，当了市委书记，心里就全部装工作，就装不下个人感情，也装不下我和母亲的那个家了……"

李玲芳还说了许多埋怨她父亲的话，我不想和她就她父亲的话题进行讨论，趁她停下的间隙，我及时转移话题，开玩笑地对她说："今天虽然是一个平平淡淡的日子，可是不经意间，我们就携手在这里共同面对死亡的威胁了。"

说到死亡，我和李玲芳都陷入了沉默。此时此刻，我相信李玲芳肯定也和我一样，对"死亡"二字特别敏感，也特别害怕。沉默了一会儿李玲芳问我："孟部长，郑师傅到现在都没来，他不会抛下我们不管吧？"

我安慰李玲芳，老郑不是这样的人，说不定他现在正带着人往这边赶呢。

安慰了李玲芳，我的心却泛出了隐隐的担心。我虽然和老郑在一个大楼共事近十年，但平时并没有多少交往。老郑一直在给市委领导开车，我作为市委宣传部副部长，平时也调不到老郑的车。这次因为要去的地方很危险，市委才派最有经验的老郑开车送我。

李玲芳自言自语："郑师傅去了这么长时间为什么还不回来？"

我看了一下时间，离老郑去找人才一个多小时，这一个多小时对于我和李玲芳来说，仿佛已经等待了漫长的好几个小时。

不知什么时候，汽车的发动机突然停了，我打开手机电筒，才发现油箱没油了。车内的温度正在慢慢下降，冷空气正一点一点地往我们的身上袭来。李玲芳的身子抖得越来越厉害，仿佛受到李玲芳的传染，我也浑身打起抖来。老郑已经走了四个多小时，车外还是白茫茫一片，一直没有我们希望看到的红光出现。

我对李玲芳说车没油了。李玲芳一下子就哭了，她边哭边说："我们就这样完了吗？"

我安慰李玲芳："我们肯定能脱险，老郑一定能找人来救我们出去。"

虽然嘴上这样说，我的心却担忧和纠结起来，越来越不敢确定老郑会不会找到人来救我们。他离开我和李玲芳四个多小时，按理说现在也该回来了。我开始在心里咒骂老郑，我现在有理由怀疑老郑是在老乡家烤火，把我和李玲芳忘了。转而我又想，也许是路不好走，老郑才刚刚走到寨子，还没有走回来。我们等得太焦急了，才觉得时间过得很快。老郑他可以不管我这个宣传部副部长，他却不能不管市委书记的千金。

我正在那里胡思乱想，李玲芳在一边抖得更厉害。不知何时她的手抓着了我的手臂，身体也靠到了我的肩膀上。我一边安慰李玲芳，一边给自己打气，我不停地对李玲芳也是对自己说："我们一定会得救的，老郑是市委机关第三支部的组织委员，他一定不会丢下我们不管。他一定会找到人来救我们，市委也一定会派人来找我们。说不定找我们的车子已经来了，正走在路上呢。"

感觉到李玲芳的身体抖动得很厉害，我想都不想就对她说："要不我抱着你吧。"说完这句话，怕李玲芳有想法，我连忙又补充道："我没有别的意思，就是想让我们的身体靠在一起，相互会更加暖和一些。"

把李玲芳拥进怀中，我用皮衣把她和我紧紧包裹起来。虽隔着一层厚厚的衣服，我还是感觉到了李玲芳身体的温热和心跳。此时此刻，我内心一点儿杂念都没有，更没有出现生理上的冲动欲望。我拥住怀中的这个女孩，只是想用自己的体温去给她一点温暖，让她不感到寒冷，也不感到害怕。

我问李玲芳脚还疼不疼，李玲芳说："不疼了，就是有点麻。"

我打开手机查看，看到李玲芳脚脱臼的地方已经肿胀起来。我知道受伤的脚如果再受到寒冷，恢复起来就很困难。没有多想，我把李玲芳的脚抬起来，拉开衣服，毫不犹豫地把那只受伤的脚塞进我的毛线衣下，冰凉的脚隔着一层衣服贴到我肚皮上，我感到了一股寒意。李玲芳被我一连串的动作惊呆了。片刻的惊愕过后，她红着脸挣扎着想把脚缩回去。我叫她别动，说如果摔伤处被冻坏的话，她的这只脚要变残废。听了我的话，李玲芳才不敢乱动。

我一会儿抱着李玲芳，一会儿为她捂脚，忙乱中已经感受不到寒冷。一阵折腾过后，李玲芳的身体也不似刚才那样发抖了。这中间，我们也没有间断过语言的交流。李玲芳说她从来没想到记者也会这么苦，记者的职业如此危险。

时间一分一秒过去，就在我和李玲芳几乎要感到绝望时，车窗玻璃外晃来了一束红红的亮光。我立即激动地对躺在我怀中，已经迷迷糊糊的李玲芳喊道："小李，亮光，有亮光向我们走来了。我们得救了，老郑叫人来救我们了！"

那一束亮光就像一束生命的火花，一下子就点燃了我们求生的欲望。此时此刻，我已经完全忘记了老郑临走时对我的嘱托，忘记了老郑叫我不要乱打开车门的话。我打开门冲到路上，对着亮光大喊大叫起来。李玲芳也推开车门，把头从另一边伸出来，跟着我大喊大叫。我们的叫声传出去，立即引来了一阵喊声，有人还叫出了我和李玲芳的名字。

亮光距离我们很远，从亮光出现的地方到我们所在的山垭，至少还要半个小时以上。这就是大山，这就是盘绕在山间的公路，让你在看到希望时，也给你带来更多的期待，更长时间的等待。只有在你付出足够的时间等待后，希望才姗姗来到身边。这样的期待，才会让人珍惜，也才会更让人向往。

远处的灯光拐入一个长长的弯道，从空中飘过来的声音叫我们不要慌张，好好在车上待着，他们马上就来接我们出去。我和李玲芳重新回到车上，重新关上车门，重新面对寒冷和黑暗。我们的身体已经不像之前那样寒冷了，李玲芳远离了我的怀抱。为了避免尴尬，李玲芳的身体和我的身体之间，也拉开了一段小小的距离。

灯光拐过弯道来到我们身边，我和李玲芳就像见到久别的亲人，委屈得就想大哭一场。我强忍住溢出眼眶的泪花，问他们是不是老郑叫来接我们的，其中一个人说："我们是玉墨县包河乡的搜救队，晚上九点钟，县里来人通知，说你们的车从大田乡出来后，就一直没见回去。电话也联系不上，估计是在路上出事了，叫沿途各乡镇搜救队组织寻找。"

来人说："我们不认识什么老郑，也没有见到老郑。"

他们的话让我感到气愤，凭直觉我估计老郑早就到寨子里去了。可能到哪个老乡家一坐下烤火，就把来接我和李玲芳的事忘了。我一定要找到老郑，向他问个明白。

我们商量着要去找老郑，搜救队的人立即分成两部分，一部分送我和李玲芳到山脚下去乘车，回乡政府休息，另一部分人沿着刚才老郑走过的小路去寻找他。我不愿意回去，坚决要求和大家一起去寻找老郑。

带队的乡党委副书记朱国军，不同意我和他们去找老郑，劝我还是先到乡政府去休息吃东西。李玲芳也希望我和她一起回乡政府，我却铁了心要去找老郑。

吃了一点搜救队带来的饼干，喝了两大杯热水，我们就分头上路了。跟着找寻老郑的这一路人马踏入丛林，在茫茫的一片白色世界中，小路早已和冰天雪地粘连在一起，分不清彼此。进了树丛，我就迷失了方向，要不是跟着这些熟悉地形的人走，我肯定走不出林子。我们一边走一边大声喊老郑，在空旷的黑夜里，我们的喊声传得很远很远。

一个多小时后，我们走到山坳边一个小寨子，挨家挨户敲门寻问，寨上人都说没有见到老郑。在寨子里没有找到老郑，我当即有了不祥的预感，对老郑的怨恨已经转变成了担忧和恐慌。朱国军从寨子喊了一些人，组织到沿途山上继续寻找老郑的踪迹。

我们又一次踏进大山，这次大家没有一起沿着小路走，而是分成几组，顺着小路走入茫茫林海。

我和另外四个人打着电筒，气喘吁吁爬上一个山坳。走在前面的一个搜救队员指着不远处的一片丛林对我说：

"孟部长，你看，那边有亮光。"

我们对着有亮光的地方大喊起来，没有换来任何回应。再喊，也只换来在另面山坡搜寻的其他人的询问。我们前面那片丛林中的亮光，像一道炽热的火光，一动不动地指向天空，像在茫茫冰原上的一道亮丽冰灯。我们一路喊话，边喊边向发出亮光的地方走去。不久，走在最前面的人喊着说发现了一个人，躺在岩缝里，已经昏过去了。

是老郑，我们找到了老郑！我见到他的时候，他已经不能说话了。他躺在一个没有被风雪覆盖到的岩缝里，两只电筒竖着立放在距他不远的冰块上。一只的光已经暗淡，另一只很明亮的直指天空。老郑头发上、衣服上结了一层厚厚的冰，眼睫毛也结满了厚厚的冰花。电筒竖立的旁边冰块上，刻着一行字：我是市委机关第三支部组织委员郑忠义，我的同事被困在唱歌坪垭口，请赶快去救他们！

# 一路平安

刚出警回来的我非常想睡一觉，哪怕就是眯一小会儿，也心满意足。

我得在天黑前赶到四十多公里外的纳料。那里刚发生一场群殴事件，是家族纠纷引发的，有人受伤了，伤者已被送往医院。斗殴虽已被村领导控制，但双方的情绪都还很激动。所长和另外一位警员在五十多公里外的栗木山出警，所里只有我和内勤姚洪梅。电话请示了所长，所长指示我赶过去处理。

纳料在高山上，者密往纳料，都是弯弯绕绕的山路。山路被拓宽成公路了，还是弯弯绕绕。路面硬化了，但弯大路窄，平时都不好走，何况在这样寒冷的冬天。屋外狂风呼啸，高山上还依稀看到积雪。纳料所在的那片大山，雪积得更厚，有些雪还会在山上的公路上形成障碍。所长把所里唯一的一辆越野车开走了，我要么骑那辆大功率的三轮摩托去，要么就开我自己用来代步的小夏利。小夏利虽然轮子小一点，底盘低一点，力量也小一点，但能遮风挡雨，至少不会受冷风的罪。

穿上警用大衣出门，风越刮越大了。这鬼天气，明明中午前后还看到太阳，才过下午三点，太阳就不知跑哪去了。高山上的雪亮晶晶的，一股寒意从风中漫出，弥漫在空气中，寻找机会往人身上渗透。不远处的苗拉河清澈明亮，水流湍急，河上吹来的风寒意十足。沿河那条通往纳料的公路，静寂无声。这样寒冷的日子里，公路有些落寞，这种落寞一直延伸到远处的山脚。走出门，风如刀子般切割上脸，我裹紧身上的警用大衣，并把领子竖起来，遮挡住两只暴露在空气中的耳朵。

小夏利就停在院子里，院子紧邻公路。院子没有门，几乎和公路连在了一起。路上没有行人，也没有车跑。一个四十岁左右的女人孤零零站在路边，脚边放着一个大包裹。我打开车门，响动让女人回头看了一眼。我钻上车，发动车子，女人呵着两只手向我走来。女人说："警察同志，请问现在还有往卡熊去的班车吗？"

　　时间已是下午三点四十四分，往卡熊的车早发走了。从县城通往卡熊的班车，一天一趟往返，早上从县城出发，下午一点从县城返回卡熊。

　　我告诉女人："今天没有车了，要到明天早上才有。"

　　女人很失望，脸上呈现出焦急的表情。女人的脸贴着洞开的车窗，几乎贴到我脸颊上，一股热气就飘荡在鼻腔边。女人不死心。"警察同志，除了班车，再没有别的车跑了吗？加班车、出租车什么的都没有吗？"我说："者密是小镇，没有出租车，出租车要到县城去叫。至于有没有别的车跑卡熊，我真的不知道。"

　　说完我准备关上车窗。女人没有把脸从我面前移开，反而用一只手拉住车门。女人焦急地说："警察同志，你帮帮我吧，能不能帮我叫一辆车，我出钱。我今晚无论如何要赶到卡熊，我婆婆病了，病得不轻，都快要死了。我和老公在外边打工，接到婆婆生病的电话，我老公叫我先赶回家，他要跟老板结算工资才回家。"

　　女人用热切的目光盯着我，手紧紧抓住车门不放。怕我拒绝，女人又急急地说："警察同志，我是真的没办法了。刚才老公又给我来电话，问我到家了没有。他说我婆婆怕不行了，可能熬不过今晚。家中没有一个大人，只有两个小孩，今晚我赶不到家，两个孩子将不知道怎么办。"

　　我走下车，对着在办公室玩手机的姚洪梅喊道："小姚，你出来一下。"

　　姚洪梅从所里走出来问我："孟哥，什么事？"

　　我指着女人对姚洪梅说："这位大姐的婆婆生病了，她要赶去卡熊。

现在已经没有班车了，你想办法帮大姐租辆车。"

姚洪梅看了我一眼，看了车边的女人一眼，嘟哝道："这么冷的天，我到哪里去租车？"

女人从车子边走开，急切地对姚洪梅说："警察同志，你一定要帮帮我。今晚赶不到家，万一我婆婆不行了，我那两个孩子真不知道该怎么办。他们都才上中学，都没有经历过这么大的事情。"

我松动离合器准备离开，姚洪梅叫住我。她说："孟哥，这么冷的天，一时半会也难找到车。你不是要去纳料吗？纳料距卡熊不到十五公里了。要不，你把大姐先捎到纳料，之后再找人把大姐送到卡熊。"

听了姚洪梅的话，我还没有答应，女人却高兴地说："到纳料就行，纳料我们家有亲戚，可以叫亲戚用摩托送我去卡熊了。"

我看了姚洪梅一眼，姚洪梅也正看着我，脸上露出得意的表情。

我只好打开后备厢，让女人把行李放进去。姚洪梅过去帮女人搬行李，放进车里。放好行李，女人一迭连声地对姚洪梅说："谢谢警察同志，谢谢警察同志！今晚我就可以赶到家了。"

女人拉开后车门，坐到了车后排。车子上路了，坐在车后排的女人还在一迭连声地对我说："警察同志，真的太感谢你们了。要不是遇到你们，今晚我还真不知道该怎么办。"

我对女人说："你不用感谢，这是我们警察应该做的事。"

我感觉这话说得有些空虚假意。刚开始女人说要去卡熊时，我也想到了要捎她到纳料。念头刚起就被否定了，天这么冷，路这么险，我不想带上这么一个女人，在路上增加我的麻烦。但是最终，这个女人还是上了我的车。

车子沿着苗拉河流水的方向，逆向驶向深邃的大山。夏利有些年月了，虽门窗紧闭，却还是有风漏进来，带进车外的冷空气，使车内冷如冰窖。我打开空调，车内还没有暖和起来。没有太阳，天空有些阴暗，厚厚的云层黑压压地堆聚在远处的山巅。苗拉河慢慢远了，流水声听不到了，车子驶入了层层叠叠的大山中。

车刚爬上甲饭坡，姚洪梅的电话就打了过来。姚洪梅问我到了哪里，我说到甲饭坡了。姚洪梅说："孟哥，你先别忙去纳料了，刚接到报案，甲银有户人家的两万元钱被盗了。你正好经过，就顺便去出一下现场，我这边马上向所长汇报。"

顺便，说得轻巧。一个盗窃案，是顺便就能够处理下来的吗？我想对姚洪梅发火，但话涌到嘴边，又被硬生生咽回去了。这种在出警路上"顺便"处理的案件，在我们派出所的每一个人身上都碰到过。有时为某一件事出警，结果就会"顺便"碰到许多案件，出一次警少则几个小时，多则一天或者几天时间，很多时间都是耽误在一些"顺便"处理的事情上。

姚洪梅继续对我说："孟哥，我已经跟报案的村治安员说了大姐的情况，你到甲银出现场，由他们找车把大姐送去卡熊。"

要不是姚洪梅的电话，我几乎忘了车上还坐着一个要到卡熊去的女人。我对女人说："大姐，不好意思，甲银有案子了，我要先到甲银去处理案子，不能送你了……"

女人显得有些着急。我的话还没有说完，她就把头从后排伸过来，热气和一些难闻的气味喷在我右脸颊上，一些甚至钻进了我鼻腔。

"警察同志，您一定要帮我，今晚我一定要赶到家，否则我就见不到我婆婆最后一面了。"

我轻偏头，躲开女人的气味，对女人说："大姐你放心，姚警官已经和甲银那边说好了，到了甲银，由他们找车送你去卡熊。不过，油费钱要由大姐你来出了。"

女人一迭连声地说："我出，我出，多少油钱我都出，只要有车送我去就行。"

甲饭坡的路面弯道大，陡峭，一些没有被风吹到的地方还堆着积雪。积雪虽不是很厚，但也对车子形成了阻碍。年迈而小巧的夏利在甲饭坡上爬得很吃力，遇到堆着积雪的地方，挂一挡都很困难，好几次都差点打滑。

　　翻过一道坡，在翻第二道坡的一个垭口上，夏利碾过一洼结着薄冰的积水，从积水坑里冲出来，刚好遇到结着一层冰块的破损路面。碾过这些薄冰时，虽然我小心翼翼，将挡位调到了二挡，但夏利还是突然急速地向前奔去。由于结冰，我忽略了路面的损坏程度，接连出现的几个小坑洼，让方向急速地抖动起来。我听到车轮碾压路面的冰块发出的爆裂声，心提到了嗓子眼。前方不远的右边是大山，左边是一个豁口，豁口下是黑黝黝的山谷，一旦出事就将万劫不复。我聚精会神把着方向盘，将车子慢慢尽量往右边方向靠，并急速将挡位换到一挡。好在车子冲了将近一百米，脱离了结冰和损坏的路面后，很快就慢了下来，我惊出了一身冷汗。

　　有惊无险过完北坡来到南坡，南坡的路更加陡峭，弯道也更加曲折。还好，路上没有出现像北坡那样的积雪。有些地方虽然还看得见雪，但并不厚，且已经融化，车轮一碾就变成水流走了。但是因此也在一些低洼的路面上，留下了一洼一洼的积水。

　　来到南坡第一个山垭口，这里是一个三岔路口，甲银就在另一个路口不到两公里的地方。我把夏利拐往甲银的岔路口，女人又把头从后座伸过来，把一团热气喷到我右脸颊上，焦急地说："警察同志，您一定要帮我啊。只要帮我找到车，除了油钱，我还会付师傅的辛苦费。"

　　得到了我的肯定答复后，女人把头和热气移离了我的右脸颊。我专心致志地开着车，一句话也不说，不一会儿，小夏利就驶进了位于一个小山坳处的甲营寨。

　　甲营的治安员和一个三十岁左右的男人站在村口，夏利停在他们面前。我问治安员："车呢？"

治安员问："什么车？"我和治安员说话时，女人打开车门走了下来。

我指着女人对治安员说："姚警官交代的，你们帮找的送这位大姐去卡熊的车。"

治安员才像想起似的说："哦。我叫刘兴国用他的面包车跑一趟，刘兴国去独山还没有回来，他回来我马上叫他送。"

治安员又回头对女人说："大姐，实在不好意思，我们甲银只有刘兴国有车。你不如先到我家去坐一会儿，喝口热水。我跟刘兴国通过电话了，他已在回来的路上，你放心，他一回来，我就立即叫他送你去卡熊。"

听说送她的车去独山还没有回来，女人很焦急，想走回路口去拦车。冬天白天很短，还不到下午五点，天边就黑了下来。看到渐渐暗下来的天空，我不想让女人一个人独自到三岔路口去等待，万一出点什么事，我连后悔都来不及。我和治安员力劝女人再耐心等待，治安员向女人保证说刘兴国很快就会回来。治安员说："我刚才跟他电话联系时，他已到二层坡了，二层坡到这里，也就二十来公里路，要不了一会儿他就到了。"

女人显得很犹豫，看着渐晚的天色，她不再坚持到三岔路口去等车。在村口一个坪子里停好车，我们向村里走去。女人一边走，一边不停接打电话。我一边走，一边向治安员询问案情。治安员把跟在身后那个三十岁左右的男人让到前面，对我说："是他报的案，他丢了钱。"治安员对男人说："兴木，你把丢钱的经过跟孟警官汇报，说详细点，让孟警官尽早破案，抓住偷钱的贼娃子。"

兴木说他好不容易攒下两万元钱，交到母亲手上，母亲把钱锁到箱子里，要用的时候去找，钱却不见了。

兴木说他母亲身体一直不好，这两天更是病得厉害，他要送母亲到县城去治疗，开始母亲不愿意，不想让他花钱。后来母亲答应了，他从母亲那里拿来钥匙打开箱子时，发现钱不见了。他问母亲，母亲说不知道。丢了钱，他母亲的病就治不成了。

说着说着，兴木就哭了，一边抹泪一边哀求我一定要帮他找回丢失的钱。兴木的哭诉，让我感受到了他的心痛，他的无奈。一个大男人流泪时所表现出来的那种伤痛，突然就让我产生了一种莫名的沉重。

我把治安员拉到一边，问他见没见过兴木家的两万元现金。治安员说见过。治安员是兴木的堂叔，说兴木的母亲曾找过他，希望他这个当叔的能用这两万元钱去帮兴木说个媳妇。兴木母亲还准备把这两万元钱交给他，他不接钱，而是劝他们不要把现金放在家里，要拿到信用社去存放，兴木和他母亲都不同意。治安员说："我本来还想过段时间再去说一次，让他们把钱拿到信用社去存放，没想到就出事了。"

把女人安排到治安员家休息等待刘兴国，我和治安员跟着兴木往兴木家走。路上，我问了兴木丢钱的一些细节，同时也问了治安员是否去看过现场等。治安员说："我去看了，箱子就放在他妈床头边，为了保护现场，我没有动那口箱子。"

下午六点不到，天就渐黑了，村道上的太阳能路灯亮了，灯光洒在阴暗的小路上，聚起斑驳的暗影，暗影逶迤，一路蛇行，紧随我们踏进兴木的家门。兴木家的灯光亮得很微弱，在屋子中站了好一会儿，我才逐渐适应屋子的光线。兴木把我们带进另一个房间，房间散发着一股霉腐气味，几乎让人作呕。兴木把灯打开，我看到了一张床，一个还在散发着热气的煤炉子。兴木的母亲裹着一件厚厚的棉大衣，蜷缩在离床边不远的椅子中间烤火。兴木的母亲跟我们打招呼，声音很微弱，显然是病得不轻。

兴木揭开炉盖往里添煤块，很快，一股煤烟从炉盖处冲出来，呛得人几乎无法呼吸。

我看到了兴木母亲床头边的木箱。见我注视箱子，给火炉加好煤的兴木要去抬来给我看，被我制止了。我正准备走过去看那口箱子，兴木的母亲咳嗽了一声，细声细气地对兴木说："木，你去村东头把三伯妈喊来，我有事找她。"

兴木看了看我，看了看村治安员，想出去又有些犹豫。我对他说："你去办事吧，情况我刚才也了解得差不多了，勘查现场你也帮不上什么忙。"

兴木出去了。治安员告诉老人，说我是来破案的，是来帮助他们家找回弄丢的钱的。老人的头本来是低着的，听了治安员的话，老人把头抬起来，混浊的目光聚焦到了我的身上。

我戴上手套，准备去勘查那个丢钱的箱子。走到老人身边时，老人却一把抓住了我，对我说："同志，不用麻烦你了，我们的钱没有丢，在我枕头下放着。"

老人的话说得很轻，我听着却犹如一声炸雷，也有些回不过神来。老人还在拉着我的手，絮絮叨叨说了一些别的什么话，我都没有听清。

我示意治安员到老人的床上去找钱。治安员掀开老人的枕头，拉开枕头下边的一床破旧棉絮，厚厚的两沓钱就露了出来。见到钱，治安员也有些不知所措，在那里愣了一会儿才把钱拿起来。

看到钱还好好地摆放在那里，我突然生出了一种被愚弄的愠怒，没好气地嘟哝了一句："简直是乱扯淡，没丢钱报什么案！"

我的话让老人表现得有些害怕。老人放开拉着我的手，有些可怜地说："同志，钱是我藏下的，兴木不知道。我哄他说钱丢了，就是不想让他拿这个钱送我去医院，没想到他相信了，还去报了案。"

老人接着向我解释："我一个快要死的人了，不想让兴木再为我的病花冤枉钱。这些年，他花了很多钱，我都没有好起来。他好不容易攒了这两万，还想拿来为我医病。我死活都不同意。他不听，我才把钱藏起来。我就是想把钱留下，我死后他才有钱去讨个媳妇成家。"

我本想数落老人几句，跟她上一堂法律课，让老人明白报假案不光错误，而且还违法。看到老人生病的样子，听了老人藏钱的原因，想要说的话都说不出来了。老人又断断续续说了许多话，大概意思我也明白了。老人的病拖了五六年，跑了许多医院都没有治好。这些年治病，除去新农合报销部分，兴木也前前后后花去了近十万元。治疗一段时间有所好转，生活能够自理了，以为会慢慢好起来。没想到进入冬天，病又复发了，而且比之前更加严重，连吃饭洗漱上厕所都要人服侍了。老人说："我晓得这个病是医不好了，与其这样拖着受罪，还不如让我早死。要不是怕给兴木留下不好的名声，我早一根绳子把自己了结了。"

老人猛咳起来，咳了好久，才咳出一口浓浓的痰。老人把痰吐在脚下，并试图用脚去抹掉地上的痰迹。老人的脚下黑黢黢的，堆积着一堆黑乎乎的垃圾。我把脸别往一边，尽量不往老人脚下看，怕忍不住会干呕出来。吐完痰，老人继续说："我不想再让兴木为我花钱治病了，我拖累他太久了。害他到现在都还活得不像个人，媳妇没有，也没成家。"

老人絮絮叨叨又说了一大堆话，原来刚才老人叫兴木去村东头喊他三伯妈，并不是有意要支开兴木，好告诉我和治安员钱没有被盗的事，而是叫兴木把他三伯妈喊来，让她用这两万元钱，去帮兴木找一个媳妇。

面对生病的老人，望着这个黑黢黢而又几乎一无所有的家，我突然觉得有些心酸。我让治安员把钱放进箱子，帮老人锁好，把钥匙交给老人，嘱咐了老人几句后，就走出了屋子。

我们刚出门，就见到匆匆赶回来的兴木，兴木的三伯妈并没有跟在他身后。我告诉兴木，他的两万元钱并没有丢失，而是被他母亲藏起来了。现在钱已经在箱子里锁好，钥匙就在他母亲身上。

得知钱没有丢，而是被母亲藏起来了，兴木觉得对不起我，一个劲儿向我道歉。我没有责备兴木，而是叮嘱他，要赶快送母亲去治病，他母亲的病已经不能再拖了。

兴木要留我和治安员在他家吃饭，被我们谢绝了。临离开时，治安员对兴木说："一会儿我叫你婶来帮你劝劝，无论如何明天一大早就把你妈送去医治，再拖恐怕连年都过不成了。"

离开兴木家，我责怪治安员，应该先搞清楚情况再报案，情况还没摸清楚就急急忙忙报案，这叫报假案，报假案是要负法律责任的。治安员很委屈地说："我没想到事情会是这样，我到他家去问，他妈都跟我说钱丢了，我才报的案。"

走在路上，治安员告诉我，兴木十一岁时父亲就因病去世了。他母亲本来身体就有病，父亲去世后，母亲的身体更是一天不如一天。前几年兴木还小，母亲强撑着病体，把兴木慢慢拉扯大。本以为兴木长大了家里的日子就好过了，没想到他母亲却病得起不来床了，光医院就进了不下二十回。治安员说："兴木是一个孝子，也是一个勤奋人，这些年挣的钱，都填进我堂嫂这个病里了。上半年，我堂嫂在县城医院住着，兴木晚上在医院陪伴，白天就到县城工地上打小工，不但照顾了我堂嫂，还挣下了两万多元钱。"

兴木的遭遇让我既感唏嘘，又感到很无奈。治安员说："兴木家是村里重点帮扶的贫困户，这两年，甲营的好几家贫困户，都通过种养殖让生活有了起色。村里也想让兴木通过养殖黄牛甩掉贫困帽子，无奈他母亲的病离不开人，村里对他的帮扶就迟迟得不到落实。"

治安员要留我到他家吃饭，去纳料的路程还远，我也想吃了饭再上路。我们到他家时，他爱人才刚生火做饭。

刘兴国还没有回来，搭我车的女人还在治安员家焦急等待。见到她，我才想起她婆婆重病的事。我问她和家人联系了没有，她婆婆的病怎么样。回答我的问题时，女人几乎要急哭了。她说："和孩子们通过电话了，乡干部、村干部、寨邻和一些亲戚在家陪着他们，我婆婆她、她还好。"说完，她转过身，悄悄掏出纸巾在脸上抹起了眼泪。

我们不再等待治安员家的晚饭，决定继续赶路。临走，我在治安员家的小卖铺买了两盒饼干备用。

走往停车的地方，我打电话告诉姚洪梅，甲营的案子破了，可以结案了。话还没有说完，她就嚷着对我说："孟哥，大井那边又有案子了，有一户人家的鱼塘死了好多鱼，鱼塘主人已报案。所长让我告诉你，到纳料处理完案情后你先不忙回来，赶到大井去，明天随县防疫站的人出现场。"

上了车，女人才对我说，刚才她女儿打来电话，说她婆婆已经去世了。因为刚才是在别人家，她才没有告诉我实情。

女人的话让我很震惊，我问女人，她婆婆得的是什么病，怎么走得这么快。女人告诉我，她婆婆六十五岁不到，身体一直很好，在家帮他们管家，照顾两个上学的娃儿。女人说，没想到她大前天早上到门口拉柴来烧火，不小心摔了一跤，我姑娘去把她抱进家时就已经说不出话了。乡里的驻村干部帮打电话给 120，120 赶到后说不行了，就没有拉进医院。

从女人口里我了解到，她丈夫有一个兄弟，公公和小叔子一家在新疆打工，弟媳刚生孩子不久，今年不打算回家过春节。婆婆摔跤后，女人的丈夫打电话给远在新疆的父亲和弟弟。路太远，花费太高，女人的公公没让弟弟一家回来，他自己今天才从打工的地方赶往乌鲁木齐，打算明天从乌鲁木齐乘飞机回来。

快要到分路往卡熊的三岔路口了，我打电话给姚洪梅，向她了解纳料斗殴事件的进展情况。姚洪梅告诉我，在纳料村领导和驻村干部的处理下，双方已经冷静下来了，都愿意坐下来接受调解。送到医院的伤者也得到了及时救治，没有生命危险。

挂掉姚洪梅的电话，我把车拐向了通往卡熊的岔路。我决定先把搭车的女人送到家，让她及时去处理她婆婆的后事，然后我再回纳料来处理案情。

　　从岔路口去卡熊，比从纳料去卡熊要近得多，要不了一个小时我就可以赶到卡熊了。而到了卡熊再绕回纳料，我就要多绕三十多公里的路，还得翻过一座叫拉弓坡的大山。这样寒冷的夜晚，不知道环绕拉弓坡的公路是不是还在结冰。

　　一路上不是爬坡就是下坎，几乎没有遇到平地，小夏利在弯弯曲曲的公路上跑得很吃力。天很黑，路边婆娑的树影，在车灯的照射下，摇曳飘逝，不断远离前行的视线。后座没有任何声响，刚才跟我说到婆婆去世时抽泣的女人现在也安静了。除了发动机的声音，轮胎摩擦路面的声音，世界静得出奇。我有些饿了，在甲银治安员家买的饼干就放在副驾驶座上，我没有吃。刚才我让给后座的女人吃，她也没有吃，说吃不下。为了赶路，我没有停车吃东西，更不敢边开车边吃。在这样的黑夜，行走这样的山路，我丝毫不敢分心。

　　夏利拐过山坳，爬上一个小坡，电话铃声响了起来。是我爱人打来的，她问："你在哪里？开车过来吧，我的事情做完了，我们现在就过去。"

　　在县城一所封闭式学校上初中的女儿感冒了，我和爱人原说好今天下班后去看女儿，没想到一接到出警任务，就把这事给忘了。

　　我说："我在出警的路上。"电话静了一会儿，爱人的声音传了过来，有些不满，也有些无奈。"哦——那注意点吧，一路平安！"

# 心　愿

一

　　县委宣传部下派到满难乡扶贫的吴双举听说梨树坳有一棵千年老梨树，找了朋友的一台越野车和乡里的一个向导，在一个天气晴和的日子里来到梨树坳，要去给老梨树拍照。车子停在老梨树下时，吴双举一眼就看到了坐在老梨树下的李从喜和张大秀，两个老人挤挨着坐在梨树下的石凳上，手里都挂着一根拐杖，没有挂拐杖的手紧紧握在一起，他们的身后就是那棵沧桑的老梨树，阳光从梨树的枝条间斑驳地洒在老人的身上。吴双举在给梨树拍照时，也拍下了两位老人沧桑的身影。

　　拍好照片，吴双举走到李从喜和张大秀身旁，就近寻了一张石凳坐下来。吴双举问李从喜和张大秀："大爷大娘，你们是这个寨子的吗？"

　　李从喜和张大秀早就注意到了在梨树旁边折腾的吴双举，看到他举着一个东西，一会儿对着梨树，一会儿对着他们。开始的时候，李从喜和张大秀还显得有点局促不安，不知道这个年轻人在干什么，最后看到吴双举也坐到梨树下的石凳上来后，他们就想起身离开。由于耳朵背，吴双举同他们说话，他们只是注意到吴双举的嘴在动，听不清他在说什么。在附近玩耍的几个小孩看到吴双举，也怀着好奇心来到梨树边。吴双举的话刚说完，其中一个小孩对吴双举说："他们的耳朵聋，你要大声说他们才听得到。"

吴双举又把刚才的话重复了一遍，这回李从喜听到了。

"是这个寨子的。"本来想起身离开的李从喜在回答完吴双举的问话，又拉着张大秀重新坐到了石凳上。

"大爷，你知道这棵老梨树在这里有多少年了吗？"吴双举问李从喜。

"不知道，"李从喜说，"我生下来时这棵梨树就在这里了，我长大时看见它就是这么大。今年我已经一百零四岁了，我时时来看它，每次来看见它都是这么大。"

吴双举打量着李从喜，心里感到十分惊讶。李从喜除了耳朵聋一点外，说话思路还十分清晰。李从喜和张大秀虽然衣着破旧，但身上却很干净。特别是李从喜，虽然腰身佝偻但说话却气不喘。吴双举认为坐在他面前的两个老人最多不超过八十岁，他不相信李从喜真的已经一百零四岁。

"您老是说——您已经一百零四岁了？"因为害怕李从喜听不清楚，这次吴双举说得声音特别大。

见吴双举不太相信自己的年龄，李从喜的脸上就有了一丝不快。李从喜用手上的拐杖使劲撑在地上，从石凳上站了起来。吴双举想过去帮扶李从喜一把，李从喜甩开了他的手。见张大秀还坐在石凳上没有要起来的意思，李从喜又重新坐回了石凳上。也许还在为面前这位年轻人不相信自己的话而生气，坐下来后的李从喜并不看吴双举，而是把脸别往一边，另一只手依然和张大秀的手紧紧抓在一起。

站在李从喜和张大秀旁边的吴双举显得有点局促，想扶他们一把也不是，想再坐下来也不是。就在吴双举不知道自己该怎么办的时候，李从喜和张大秀两个人的头已经靠在了一起，两人的眼睛都微闭着，似睡非睡的样子。看样子，他们是不想再搭理吴双举了。

对于吴双举这样的年轻人来说，一百年前确实是很遥远，遥远到他根本就体会不到那是一个什么样的年代。

就在吴双举愣神的时候，一位老人出现了，他是过来叫坐在石凳上的李从喜和张大秀回家的，吴双举从这位老人口里知道，坐在石凳上的李从喜和张大秀就是这位老人的父母时，吴双举更加感到惊讶。这位老人对吴双举说："我是他们的小儿子，今年七十六岁，我的上面还有三个哥五个姐，大哥、二哥和大姐已经不在了。"

来人告诉吴双举，他叫李大生。李大生对吴双举说："你不要看我爹妈已经一百多岁，现在他们每人每顿还能吃两碗饭，喝二两酒，你看他们的牙齿比我的都还整齐。他们一生没有生过病，前两年都还能帮我们做一些家务，现在年龄大，手脚不太灵便，我们不要他们做了，他们才歇下来。"

李大生和吴双举说话时，李从喜和张大秀仍依偎在一起静静地坐在石凳上，既不看他们的小儿子，也不看那个在和他们的儿子说话的陌生年轻人。李大生和吴双举说话的声音估计他们也听不到。

李大生过去叫李从喜和张大秀回家时，吴双举才想起来应该向他打听梨树的年龄，李大生望着吴双举，不好意思地笑着说："梨树的年龄除了我爹妈，恐怕没有人能够说得清楚，我爹妈都不知道它的年龄，寨上不会再有人能说得出它的年龄了。"

李大生告诉吴双举："我们小的时候，梨树上还结有好多果子，后来慢慢地就结少了，再后来很多枝头上的叶就掉了，不长了。1972年干旱的时候，树上突然结出了密密麻麻的果子，那年要不是这棵树上的果子，寨子上还不知道要逃荒多少人。也许是果结多后伤树了，从那年以后，梨树再也不结果了。大前年干旱，我们看到梨树上的叶子没有长出来，以为梨树会熬不过来，会很快死掉，等雨水来的时候梨树的枝头上又长出了一些嫩叶，老梨树又活过来了。"说完这些话，李大生就扶着李从喜和张大秀向通往寨子的小路上走去。

吴双举不甘心，还想再从李大生的嘴里套出一些有关他父母和梨树的事，但李大生为难地说："我要把爹妈送回家了，他们出来已经有很长时间，我怕他们在这里坐时间太长，生起病来就不好了。"

二

《黔州日报》很快刊登了吴双举写的"梨树坳的百岁恩爱夫妻"新闻，并配上了吴双举拍摄的一张照片，照片上李从喜和张大秀相拥相偎坐在老梨树下的石凳上，他们爬满皱纹的脸在身后老梨树的衬托下，显得十分沧桑和生动。这条新闻和这张照片一下子就在玉水县引起了轰动，一时间，李从喜和张大秀这对百岁夫妻就成了人们谈论得最多的话题。特别是这对夫妻一生没有到过县城，而他们想在有生之年到县城来看一看的愿望更是让很多人牵挂，老人的这一愿望也被玉水县县委、县政府提到了议事日程上来。这一切，远在梨树坳的李从喜和张大秀还无从知道。天气晴好的时候他们每天还是相携着从家走出来，来到村头梨树下的石凳上小坐一会儿，等他们的小儿子李大生做完事情来叫他们，又才相携着慢慢走回家去吃饭。

县老龄委的韦玉玲主任领着一个慰问团走在通往梨树坳的山路上，她作为县委、县政府的全权代表，到梨树坳去看望两位百岁老人。除了带去要送给李从喜和张大秀两位老人的慰问金外，他们乘坐的越野车后备厢里还堆满了吃用的东西，这些东西都是县委、县政府的领导们和一些部门送的慰问品。临出发时，分管老龄委工作的县委副书记杨忠宏对韦玉玲说："韦主任，你这次不光代表我们玉水县县委、县政府去看望和慰问两位百岁老人，你还要代表县委、县政府去关心他们的生活，你要了解他们需要什么，生活上还缺些什么。了解清楚后回来向县委、县政府汇报，我们一定要让老人们的晚年生活过得幸福快乐。"

李从喜和张大秀穿着簇新的衣服坐在堂屋中间的神龛下，还没有跨进大门，韦玉玲一眼就看到了两位老人。老人们大概没有想到会有这么多人到他们家来，特别是当电视台记者的摄像机镜头对着他们时，他们多少就显得有点扭捏和局促，坐也不是，想站起来也不是。韦玉玲抢先一步走进屋子，双手自然而然地就拉住了张大秀的手，大声说："大爷大娘，我来看你们了。"

被韦玉玲拉住的张大秀脸上露出了笑容，她伸出那只没有被拉住的手，轻轻地抚在韦玉玲的脸上，然后说："妹子，你是哪家的啊？我怎么没有见过你？"

张大秀的话让韦玉玲闹了个大红脸，就在韦玉玲尴尬得不知道该怎么回答时，李大生挤了过来。李大生把嘴放在张大秀耳朵边，大声说："娘，这是县里来的领导，专门来看望您和我爹的。"

张大秀"哦哦"地应着，手从韦玉玲的脸上放下来，放下来后她又说了一句话："老贵家的啊，怪不得我没见过。"

李大生对韦玉玲说："我娘的耳朵听不见，讲话也颠三倒四的，请领导不要见怪。我爹好一点，讲话大声点能听见，说话也不会颠三倒四。"

韦玉玲从身后工作人员的手里接过装有慰问金的信封，递给李从喜："大爷，这是县委、县政府的一点心意，拿去叫孩子们给您和大娘买点好吃的东西。"

李从喜接过装有钱的信封，转手递给了站在一旁的李大生。

县老龄委和满难乡政府的工作人员，把带来的慰问品放到神龛脚下的桌子上，韦玉玲指着那些东西对李从喜和张大秀说："这些都是县领导和县有关部门送给大爷和大娘的东西，大家都希望大爷大娘福如东海，寿比南山，再活个一百年。"

韦玉玲的话刚说完，不知是谁带的头，屋子里立即响起了"噼噼啪啪"的掌声，掌声让李从喜和张大秀的脸上也展露出了笑容。

李从喜对站在一旁的李大生说："大生，领导们大老远来，肯定饿了，赶快叫他们摆桌子上菜。"

　　韦玉玲说："大爷，我们不饿，我们要好好陪你们二老多坐一会儿。"

　　喝了一口茶，韦玉玲问李从喜："大爷，听说您老已经一百零四岁了啊？"

　　"是。"李从喜说，"我们家不是梨树坳的人，我爹和我妈逃难躲灾来到梨树坳，在这生下了我。我上头还有一个哥和一个姐，他们都不是在梨树坳生的。"

　　"大爷，您和大娘是怎么认识，怎么成家的？能给我们讲讲吗？"

　　"我们是唱歌认识的。"

　　"大爷，唱过的那些歌您还记得吗？能不能再唱一首给我们听？"

　　没有任何犹豫，李从喜就张开嘴巴大声唱了起来：

妹在河边洗菜苔，

哥在山上砍干柴。

干柴落到河面上，

水花打湿妹新鞋。

水花湿鞋不要紧，

哥给妹家送干柴。

干柴引火烤鞋面，

哥妹连心来不来？

……

　　谁也没有想到，李从喜老人刚唱两句，张大秀老人也跟着唱了起来。在一旁的李大生对韦玉玲等人说："我妈耳朵不好，跟她讲话常常听不到，但只要我爹唱歌，她一定能够跟着唱。"

　　韦玉玲等人离开梨树坳时，问李从喜和张大秀有什么心愿，李从喜向韦玉玲等人表达出了想在有生之年，带老伴到县城去看看的愿望。韦玉玲紧紧握住李从喜的手，大声说："大爷大娘，这个心愿我们一定会帮您两位老人实现。"

三

县里来的车子一早就到了梨树坳，县委副书记杨忠宏从车上走下来，那棵老梨树就映入了他的眼帘。虽然是春天，梨树枝头上却看不到多少树叶，反而是那些从梨树身上长出来的寄生植物，一株株一枝枝长得枝繁叶茂。梨树下早已聚集了一堆人，梨树坳一百零四岁的李从喜和他一百零三岁的妻子张大秀早已在亲属和村人的簇拥下等在了梨树下。

李从喜和张大秀穿着崭新的衣服，坐在两把椅子上，他们的儿女、孙子孙女以及重孙子孙女簇拥在身边，阳光从梨树枝头洒下来，斑驳地洒在他们身上。不远处的竹林边，几只喜鹊扯着嗓子叫个不停。喜鹊的窝本来在梨树上，也许是受不了梨树下人群的喧闹，才飞到附近的竹林中去做短暂的停留。

杨忠宏走上前去，先同李从喜老人的亲属打招呼，然后才俯下身子同李从喜和张大秀打招呼，杨忠宏的声音很大："大爷，大娘，你们早啊。"

也许是杨忠宏的话还不够大声，没能让两位老人听明白，李从喜和张大秀只是用眼睛看着出现在他们面前的杨忠宏一行人，没有任何多余的反应。两位老人的一个孙子把嘴贴近他们的耳朵，把杨忠宏的话又大声重复了一遍，这次，李从喜和张大秀终于听明白了。

"领导早！"说话的同时，李从喜想从椅子上站起来，被抢上前的杨忠宏扶住了。杨忠宏紧握住李从喜老人的手，不让老人离开椅子，同时也顺势站到了李从喜和张大秀旁边。跟着杨忠宏一道从县城赶来的电视台记者和报社记者，立即拿出照相机和摄像机，对着杨忠宏和两位老人，来了一通猛拍猛照。

也许是从来没有见过这阵势，电视台记者和报社记者的长枪短炮向李从喜和张大秀扫过来时，他们显得有些紧张。特别是当报社记者相机的闪光灯亮起来时，张大秀的身体猛地哆嗦了一下，要不是她身后的亲属扶着，差一点儿就从椅子上摔下来了。

杨忠宏挥手让记者们不要再拍了，待记者们收起长枪短炮后，李从喜和张大秀才又自然起来。李从喜拉着杨忠宏的手说："今天天气很暖和，太阳很好。"从始至终，张大秀都没有说一句话，只是用手紧紧地抓着李从喜的手，一副小鸟依人的样子。

站在李从喜和张大秀身后的一个重孙子对杨忠宏说："接到乡里打来的电话，我们就跟老太公他们讲了。老太公和老太都很高兴，天没亮就起床，收拾好后就催我们到梨树下来了。说领导大老远赶来，他们要到这里来等领导，而不要让领导等他们。"

李从喜重孙子的话让杨忠宏有了一丝感动，大梨树距李从喜和张大秀两个百岁老人的家虽然不到两百米，但上年纪的老人，特别是两个已经超过百岁的老人走下来一定花了不少时间。杨忠宏再次把嘴贴近李从喜的耳边，大声说："大爷大娘，我来接你们去县城看看，看看外面世界的发展，看看咱们县城的变化，你们高不高兴？"

"高兴！高兴！"这回不光李从喜听清了，就连张大秀也有了反应。李从喜和张大秀几乎是异口同声说出了"高兴"这个词。

杨忠宏又大声问："去县城要走很远的路，坐很长的车，你们累不累？"

"不累，不累！"李从喜和张大秀异口同声地说，末了李从喜又补了一句，"有小车坐，我们不累。"

杨忠宏把县医院随行而来的医生叫过来，给李从喜和张大秀检查身体，在一番检查下来后，医生对杨忠宏说："老人们的身体很好，没有什么大问题，坐车应该没什么影响。"

李从喜和张大秀的亲属们把他们从椅子上扶起来，站到了大家的面前。李从喜和张大秀的身材都十分矮小，衣着干干净净，除了岁月让他们的脊背稍显弯曲外，看上去和他们周围那些六七十岁的老人并没有多少区别。去上车的时候，李从喜和张大秀坚决不要任何人搀扶，各自拄着一根拐杖，没有拄拐杖的手就互相搀扶着并排往前走。直到上车了，两位老人的手还仍然互相搀扶在一起。

驾驶员已经打开了车门，杨忠宏抢先一步同李从喜和张大秀的亲属一道，把他们分别从两边的车门扶上车。李从喜和张大秀坐上车，杨忠宏招呼老人们陪同的亲属和随行的医生依次坐上车，待所有人都坐上车，杨忠宏才拉开副驾驶室门，坐到副驾驶的位置上。

在梨树坳乡亲们的欢送和注目下，车子缓慢地驶离了梨树坳。

车子走得很慢，每走出一段距离，杨忠宏都要向随行的医生、老人的亲属询问两位老人的情况，只要老人稍有点不舒服，他就会叫车停下来，让大家稍微休息一会儿才继续上路。车子就这样在山道上走走停停，停停走走，不到五十公里的山路，花了近三个小时才走到通往县城的省道上。

四

一路上走走停停，下午过一点钟，载着李从喜和张大秀的车子终于进了县城。进城后，车直接开进了玉水县城最好的紫荆酒楼。

一路长途颠簸，从没有坐过车的李从喜和张大秀，走下车时几乎都站不稳了，要不是旁边有人搀扶着，他们恐怕连车都下不来。玉水县的主要领导和很多热心群众，都来到紫荆酒楼，站在酒楼大门边迎接李从喜和张大秀的到来。

两位老人被直接迎进了特意为他们准备的酒楼房间，从下车到走进房间，李从喜和张大秀的手都没有分开过。来迎接老人们的县领导，以及县城的热心人，不光见到了两位百岁老人的风采，同时也透过他们互相搀扶着的双手，窥视到了他们相携相依，恩恩爱爱一路走来的风雨岁月。

在酒楼吃好午饭，车子载着李从喜和张大秀先来到县城的休闲广场。这里是玉水县城的娱乐中心，平时人很多，两位老人到来时正是下午大家都不太愿意出门的时间，此刻的广场上并没有多少人。看到从车上走下来的李从喜和张大秀一行人，一些在广场上玩耍的孩子好奇地向他们围了过来。

杨忠宏牵着李从喜的手，李从喜则牵着张大秀的手，李大生和几个孙子跟在李从喜和张大秀身后，他们的后面跟着一大群人。这些人中有从梨树坳跟着来的亲属，有县委办、县老龄委等一班陪同的工作员，还有很多的热心群众。一行人慢慢向广场中心的喷泉走去。为了迎接李从喜和张大秀这对百岁夫妻的到来，平时只有在重大活动和节日才喷水的喷泉，今天也破例喷出了水，水柱一忽而高高地直射天空，呈天女散花状急速落下，一忽而又由低往高旋转着喷成一个大圆圈，看得李从喜和张大秀眼睛都直了。杨忠宏大声附在李从喜的耳边说："这是喷泉，水从那些铁管中喷出来，可以变化成各种各样的图案和花样。"

李从喜和张大秀早已经被喷泉迷住了，杨忠宏同李从喜说话时，李从喜也只是"哦哦"地应着，也许他根本就没有听清楚杨忠宏在对他说些什么。

看完喷泉，一行人又簇拥着两位老人向广场下的超市走去。超市是玉水县城最大的购物中心，在这里，两位老人更是大开眼界，很多货架上的货物，他们都是平生第一次见到。特别是张大秀，当货架上琳琅满目的物品映入她眼帘时，她激动地摸这个看那个，满眼尽显露出羡慕和渴望的神色。要不是旁边人搀扶着她往前走，她几乎都不会向前迈步了。在超市里，随同的热心人又为老人购买了许多吃的和用的东西，以至于载着两位老人观光的车子后备厢都放不下了。

从购物中心出来，车子又载着李从喜和张大秀一行来到河滨公园。河滨公园是玉水县城的一个开放式公园，是供人们平时休闲娱乐锻炼的地方。河滨公园里不光有很多体育设施，还有一个供孩子们玩耍的儿童乐园。在儿童乐园里，李从喜和张大秀足足站了十多分钟，看着那些他们从没有见过的设施，看着一个又一个的孩子在那些设施上尽情玩耍，李从喜和张大秀的脸上流露出了如痴如醉的表情。

在儿童乐园旁的茶亭里，一行人簇拥着两位老人坐了下来。

"变了，都变了。"李从喜对身边的张大秀和儿子李大生说，"从没见过这么大的县城，这么好的地方，这么多好看的东西，我们来这趟值了。"

杨忠宏告诉李从喜和张大秀，县城的变化不止这些。他们今天只在这些近的地方看看，晚上让两位老人好好休息，明天再带老人去参观县城的文化中心，然后去影剧院看演出，晚上还要带老人去看电影。

听了杨忠宏的话，沉思了一会儿，李从喜说："谢谢领导！来到县城看到这么多新鲜的东西，看到县城变化得这么漂亮，我们的心愿实现了。我们不想去看了，我们要回家。"

无论杨忠宏、玉水县的领导以及更多热心人怎样挽留，都没有能够挽留住两位老人回家的步伐。在更多好心人的护送下，完成心愿的两位百岁老人，带着满足的心情，高高兴兴地踏上了回家路。

# 撬石头

一

穿云破雾的月亮山，石头是最美的风景。驻村第一书记王西平沿着石头铺成的山路，一步一喘往月亮山攀越。石头路曲里拐弯，一头连着山脚下的公路，一头扎进白雾飘飘的石林。白雾中有鸟儿在鸣唱，声音此起彼伏，似有似无，缥缈不定，缠绵悱恻，契合着王西平的心境。

孙世富和王西平并排站在一块大石头边，若有若无的鸟叫声回应在他们身后的大石林中。孙世富拿着烟杆抽烟，一股股烟味溢出，弥漫在空气中。孙世富说："我们在石头中撬出地、撬出田，种上庄稼，才讨得两口饭吃。王书记，我们月亮山人不怕苦，会把石头一直撬下去，撬到我们也富起来那天。"

王西平不接话，他的目光散落在面前的石头山上。满山满岭的石头间，东一块西一块的庄稼地，仿如石头的疮疤。疮疤就是孙世富所说的田，是月亮山人撬开石头改造出来赖以生存的庄稼地。疮疤田不出粮，看似很多，收成却没多少，顶多也只能让月亮山人解决温饱，要像孙世富说的那样富起来，还不知要熬到猴年马月。

为了让村民搬家，驻村干部不厌其烦地，一次次上山做工作，部分人家搬到了十五公里外的逻沙移民新村，仍有部分村民无论怎么做工作，就是不搬。这当中最难缠的，数孙世富一家。王西平包下孙世富家的工作，一次次上门，一次次被孙世富拒绝。孙世富的儿子孙友福不像孙世富那样固执，他想搬迁却做不了主，要听他父亲孙世富的。王西平道理讲透，好话说尽，孙世富就是听不进。六十七岁的孙世富前年没了老伴，跟着儿子孙友福一家生活。孙友福四个子女，三个女儿早早辍学外出打工，家中只有一个未到上学年龄的小儿子。

王西平第十一次动员孙世富搬家，孙世富仍是那句话："不搬。"距孙世富不远的地方，孙友福五岁的儿子石虎站在一块大石上撒尿。从石虎裆下延伸出来的弧线，串成水珠，浇湿大石头。阳光斜斜从石虎头上洒下，石虎的尿被映照得亮晶晶。王西平的眼睛被刺激了一下，他不由得打了一个激灵。

"噢——哦！"撒好尿的石虎提上裤子，双手拢在嘴边，面对远山发出了畅快淋漓的呐喊，远处的山立即回应出连绵不断的"噢——哦"声。喊了十多声，石虎从大石头上蹦下，来到孙世富身边，出神地紧盯孙世富一呼一吸的嘴。孙世富抽完一杆烟，在鞋帮上磕掉烟斗的烟灰，又从烟袋中挖出一斗烟。见石虎目不转睛盯着自己看，孙世富伸出布满青筋的大手，在石虎头上轻拍一下说："哪个叫你到土地公头上撒尿的，你就不怕土地公生气？"

孙世富看到王西平仍站在身后，内心感到一丝不安，手上动作就变得有些僵硬，连着压了几次打火机都没有把烟点上。孙世富索性把烟杆往腰带上一别，也不看王西平，起身对石虎说了一声"走"。王西平连着喊了好几声"大叔"，加快脚步跟了上去。

二

孙友福把一块大石头撬到边上，直起腰，看了看头顶上热辣辣的太阳，对着不远处挖刨碎石的妻子翠花喊："孩子妈，太阳快要当顶了，你先回家去做饭。"

翠花只穿一件薄薄的汗衫，汗水把汗衫粘贴在身上，胸前胀胀鼓鼓的特别显眼。孙友福的心忽悠了一下，仿佛不认识自己的女人了。孙友福目光越过翠花，看到了自己的父亲、儿子石虎和那个难缠的第一书记。

孙世富看到翠花穿着不太雅观，也对翠花说："友福家的，你先回家去做饭，我来帮友福。"

翠花答应了一声，一边擦汗，一边收拾准备回家。孙友福讨好地和王西平打了声招呼，看见石虎从王西平身后冒出来，没好气地对儿子吼道："不好好看家，跟上山来做哪样？你当这是好玩的地方啊。"

被孙友福呵斥，石虎停下了脚步。家里的大黄狗不知从什么地方冒出，跑过来黏到石虎身边。石虎和大黄狗玩耍，追着大黄狗跑到了一边。孙友福不再管石虎，也不理王西平，继续埋头干活。王西平也不计较，从地上乱石堆中搬起一颗大石头，用力向地边抛去。石头打在其他石头上，发出夸张的撞击声。孙世富连着抽了几口烟，把烟杆放到一边，也加入搬石头的劳动中。

孙世富一边搬石头，一边叨叨咕咕地咒骂着毒辣的日头："都入秋了，太阳还这么毒，这天是成心不让我们活了。再这么晒下去，地还没被晒干，人就先被晒死了。"

孙世富帮着孙友福，费力挪一块大石头，王西平也赶过去帮忙，三人合力把大石挪到边上。直起身子，王西平眼前冒出金星，不得不在原地站了好长时间，才稳住心神。孙世富和孙友福又开始撬另外一块大石头。石虎跑前跑后，捡一些不大的石子，时而丢到边上，时而又走到边上丢往山下。刚才和石虎在一起玩耍的大黄狗，此刻不知跑哪去了。

王西平帮着孙友福和孙世富，把另外一块大石头撬出来，滚到边上。

连着撬开好几块大石头，孙世富看到王西平累得气喘吁吁，身上的汗衫都湿透了。孙世富很过意不去，在心中叹息一声，双目有些模糊。

孙世富抹了一把眼睛，直起身子，看着王西平说："王书记，你又是何苦呢，这样的活你干不来。"

王西平说："谁说我干不来了，我也是农村出来的，没有上大学前，经常在家帮爹妈干活。"

太阳从石头上反射出来的热量，如火焰般灼人。孙世富用手背擦着涌到眼角的汗水，看着王西平说："王书记，我知道你的心意。我们不会搬，这里条件再差，也是我们的家，我们的祖宗在这里，搬到哪里我们都不安心。"

王西平从地上捡起一根钢钎，一边配合孙友福撬石头，一边气喘吁吁地说："你们不搬我也不强求，但是我不能丢下你们不管。这不是我个人的事，我到月亮山来做工作，不光是来动员你们搬家，还是受命来帮助你们过上好日子的。"

石头被撬出来，孙友福一个人把石头滚往地边。王西平把钢钎扎在地上，手扶钢钎站在原地休息。孙世富对王西平说："王书记，坐下来歇会儿。"

王西平和孙世富坐到一块大石头上，擦了一把汗，王西平说："大叔，国家花钱为你们修好房子，免费叫你们去住，就是为了让你们去过好日子。搬迁过去，大家才会很快富裕起来。"

孙世富拿起烟斗装烟，点上火，吐出一口浓浓的烟雾，说："王书记，我孙世富也是个知好歹的人，我晓得国家是为我们好，你也是为我们好。这些年，国家帮我们把电送到家，把水管安到家，把路挖到山脚，又送炸药给我们炸石造田，让我们吃饱饭，这些情我都记着，不会忘。"

孙世富又吐了一口烟，继续说："唯独搬家这件事，我想不通。我们在这里住得好好的，为什么要搬。再好的地方，我也不习惯。再说，我们的祖宗都埋在这里，搬离这里，我们就没根本了。"

王西平从地上捡起一颗石子，奋力向远处扔去，一边扔一边说："这里石头这么多，条件这么差，政府才安排大家搬出去。搬出去住楼房，过上更好的日子，那才叫有根。"

孙世富接着装第二锅烟，没有急于点火。望着远处说："古话说，鞋子合不合脚自己清楚，我一辈子住在这山上，一辈子跟这些石头打交道，过什么样的日子我清楚得很。你叫我们搬去那么远的方，抛下祖业，抛下祖坟，再好的日子我也过不来。"

王西平说："大叔，日子在改变，人也要学会改变。搬过去一段时间您就会适应了。日子过好了，到那时，再叫您回来，您都不愿回了。"

孙世富站起身说："我不搬，你再讲出花来我都不会搬。"说完又去干活了。

王西平跟在孙世富身后说："大叔，现在您也不忙做决定，您再好好想想。要不，您跟我出去看看那些搬迁人家的日子，冗阶的吴地仲家、冗凶的刘满仓家、冗蒙的张添粮家、赵有水家，搬到马场新村，他们过得都比从前不知要好多少倍了。还有您老熟悉的吴胜钱家，您可以抽空到他家去做客，看看他家就晓得了……"

## 三

王西平再次到月亮山，还是上次他帮助干活的那块造田工地，孙世富和儿子孙友福正在卖力地撬石头。王西平高一脚低一脚行走在石头路上，他的前方是一块块硕大无朋的石头，一块连着一块，一直延伸到他看不见的尽头。王西平将目光从远处收回，收到脚下这片孙世富一家正在撬石头的工地上。王西平走过去，和孙世富、孙友福打了声招呼，不管他们同不同意，拿起横放在地上的钢钎，帮他们撬起了石头。

五岁的石虎来回奔跑，捡拾那些散落在地上的石块，不断向边上扔去，浑身上下仿佛有使不完的劲。孙友福光着脊梁，使劲撬一块大石头，汗水从他光着的脊梁上滚下，一颗一颗滚落在脚下的石头上。太阳火辣辣地照着，到处是石头的大山，热烘烘地散发着热量。没有风，热量更是肆无忌惮地烧灼在人身上。孙世富一家在造的这块地，已经开工一个多月了，看上去仍是乱石滩一片，土不像土，田不像田。

之前王西平也来过几次，只要一提搬家，孙世富父子对他就不会有好脸色，交谈更是没有效果。有一次，稍微有了一点小进展，孙世富问他："王书记，你替我们想过没有，搬出去，我们没有田地耕种，拿什么来养活家人？再说，我们庄户人家，养得有牛、马、猪、鸡等牲畜，那边的房子那么小，我们搬过去，去哪里找房子来供它们住？"

王西平说："这些我都替你们想好了，牲畜用不上了就卖掉。大叔您可以在小区当保安，友福哥和嫂子进厂。厂我都找好了，就在你们住的附近，离家很近。厂里按点上下班，晚上可以住家里。石虎就在那边的学校上学，接受更好的教育。"

道理说了一大通，孙世富还是两个字："不搬"。让王西平受不了的是，四十多岁的孙友福想搬家，却一点主见都没有，说听他父亲的，他父亲说搬他就搬，说不搬他就不搬。

"爷爷，爷爷！"石虎欢快的喊声传过来，打断了三人的谈话。王西平、孙世富、孙友福不约而同看向石虎。石虎手里拿着一条拇指粗细的小蛇，兴奋地朝他们不断挥舞。

"快放下！"王西平和孙世富几乎同时喊了出来。孙友福几步蹿到石虎面前，一把从石虎手上抢过小蛇，使劲掼在地上，用脚将蛇狠狠踩在石头上。唯恐蛇不死，孙友福又从地上捡起碗大的一坨石块，向蛇头、蛇身连续不断猛砸，蛇在石头上痛苦地扭曲着，做死亡前的最后挣扎。

石虎呆愣了一瞬间，见孙友福再次举起石块砸向小蛇，突然一头向孙友福撞去，把毫无防备的孙友福撞倒在地。石虎扑到地上，用手抓起已经被砸烂的蛇，"哇"的一声大哭起来，一边哭一边抬脚去踩孙友福：

"你砸死了它！呃——呃，哪个喊你砸死它的。"

王西平和孙世富还在愣神。孙友福从地上爬起来，没有任何犹豫，伸出长满老茧的大手，狠狠甩在石虎脸上。孙友福用力很重，石虎的身子像陀螺旋转，在原地转一大圈，猛然倒在碎石堆上。

王西平几步赶过去抱起石虎，看到石虎后脑勺被地上的石子磕出一个大包。石虎躺在王西平怀里紧闭眼睛，不发出一点声音。孙世富从王西平怀里接过石虎，"虎子，虎子"地叫着。石虎眼睛紧闭，嘴巴紧闭，发不出任何声音，站在一边的孙友福慌了。

王西平对孙友福吼道："还站着干什么，赶快送医院。快，我的车在山脚。"

孙世富顾不得责备孙友福，让孙友福把石虎背上，急急忙忙往山脚赶去。

石虎在玉水医院昏睡三天。三天后才睁开眼睛，却不说话，也不哭。王西平和孙世富一家子到重症监护室去探望，翠花泪眼婆娑伸手要去抱儿子，医生制止了。

走出重症监护室，医生把王西平拉到一边，对他说："孩子醒来，算是捡回了一条命。现在就看后期的治疗，恢复得好，以后就和正常人一样，恢复得不好就很难说了。治疗还需要一大笔钱，这个你们要有思想准备。"

王西平瞄了一眼站在远处的孙世富一家，对医生说："医生，你们只管放心治疗，钱的事不用担心。他们家是建档立卡贫困户，国家会帮他们兜底，差的那部分我来帮他们想办法。"

医生说："这个情况要跟家属通报一下。"

王西平说："你去忙吧，我来跟他们说。"

石虎被父亲打坏的消息不胫而走，很快传遍月亮山。孙友福也很懊恼自己出手太重，把儿子打出了问题。石虎醒过来，孙友福想对儿子做一些补偿，叫家人都回去，他在医院陪护。孙友福对孙世富和翠花说："石山上那块新开田里的石头，你们能搬多少就搬多少，剩下的等我回家搬。"

孙友福把王西平拉到一边，说："王书记，跟你说句心里话，我真不想在那个满是石头的鬼地方住了。我爹那个人你是晓得的，他不想做的事，谁都拧不过他，我也只能将就，搬家的事你就不要再去找他了。这样吧，你容我想一段时间，等石虎病好出院了，我回家慢慢动员他，他同意了我们一家高高兴兴地搬出去住。"

四

进入冬天，月亮山出现了前所未有的干旱，本来就缺水，月亮山在这样严重的干旱面前更是不堪一击。自来水流不出，政府用消防车把水拉到山脚，山上的人家都担着桶到山下去挑水。

王西平来到月亮山上。路边，他看到几个上年纪的老太太点香焚烛，在一块大石头边跪拜。他问她们在干什么，老人们说在求老天降雨。王西平不好说什么，只好叫她们注意火烛，天这么干燥，不要引发火灾。其中一个老太太说："书记放心吧，这满山满岭都是石头，就是放火去烧也燃不起来。"

王西平看了一眼满山的石头，也觉得是自己多虑了，就不再说什么。

"噢——哦！噢——哦！"不远处，几个半大小孩站在一颗大石头上互相比赛吆喝，伴随他们发出的声音，群山也不断回应出"噢——哦，噢——哦"的吆喝声。

王西平走进孙世富家，没有碰到人。两个蹲在石地上玩耍的孩子说："去挖井了，在岩窝井那边。"

问明了方向，王西平向孙世富挖井的地方走去。

孙世富挖的是一户人家废弃的水井，这户人家搬迁后，井就没人管了。这口井在一大堵岩石下，位于两块岩石中间，不大的一个岩窝，细如麻线的水从石缝中浸出，囤积在岩窝里，取名岩窝井。岩窝井距孙世富家一公里半。

转过两个山弯，绕过三片大石林，王西平看见了弓着背在两块大岩石间努力挖刨的孙世富。

"大叔，挖到水了吗？"王西平大声问孙世富。孙世富从岩窝里站起来，看清是王西平，说了一声"王书记来了"，然后说："还没有。下面的泥巴和石头很湿润，估计快要挖到水脉了。"

王西平捡起孙世富放在地上的镐锄，说："大叔，你先休息抽锅烟，我来挖。"

孙世富说"太脏了"，想去抢王西平手上的镐锄，王西平不让。王西平脱去衣服，弓下身子，钻进岩窝挖了起来。

王西平刨井，孙世富站在他身后，接过他从岩窝挖出的泥巴、石头，扔向一边。王西平撬开一坨大石头，和孙世富一起把石头挪出岩窝。石头太大太重，他们来不及放好，石头顺着斜坡滚向岩坎下。刚才不知在何处的大黄狗突然蹿出来，狂叫着向石头追去。

废弃的井里果然有水。孙世富和王西平连着撬开十几颗大大小小的石头，有水慢慢从石缝里渗了出来。看到水慢慢浸润岩窝，在岩窝囤积，一寸一寸溢成水凼。孙世富仿佛突然变傻，不会说话了，只是翻来覆去地说那么一句："真的有水，真的有水。"王西平扑下身子，从岩窝里捧出一捧还很浑浊的水，对孙世富说："大叔，真的是水。"

孙世富也扑下身子，喝了一口渐变清亮的水，喝好后吧嗒着嘴说："真甜！"

有了水，月亮山的吃水难题得到了缓解。

王西平去玉水医院看望石虎，见到孙友福，孙友福说："王书记，这段时间我想了很多。你说得对，不搬出石山，我们的日子永远都不会好过。我想好了，等石虎出院回家，我就动员我爹搬家。他不愿意就让他住山上，我和我老婆、石虎搬去逻沙新村。"

王西平说："友福哥，话不能这样说，我们要一起做通大叔的工作，让他也高高兴兴搬去过好日子。"

孙友福和翠花轮流在医院陪护石虎，家里常常只有孙世富一个人。王西平每次来月亮山，都要来看孙世富，碰到他在劳动，还要陪他干一阵子活才离开。

春天来了，月亮山大山上石头间的生命，在春风吹拂下，泛出了勃勃生机。发情的鸟儿互相追逐、嬉戏，成双成对地从一块石头飞往另一块石头，用婉转动听的声音，吟唱着冬天里没有说完的情话。

几声炸雷从山顶滚过，闪电撕开山顶上的乌云，一阵大雨将石山浇洗得更加光洁黑亮。人们纷纷走出家门，走进开垦出来的田地里，检查那些漏水的田埂，用碎石堵上漏洞。

"噢——哦！噢——哦！"雷雨中，不知是谁喊出的声音，回应在岩石上，伴着雷雨，传播得很远很远。

雨停了，很多撬掉石头开出来的田还是蓄不住水，雨刚停不久，那些新田里囤积的雨水，又很快消失得无影无踪。孙世富顺着石缝开出一条小沟，把岩窝井的水引进新垦的田中，抢水打田。孙友福牵着牛来来回回耙田，孙世富在田边巡视，检查田埂堵漏洞。跟随他们上山的大黄狗，疯累后在一块大石头边蜷卧，半眯着眼睛打盹。一条蛇从石缝中钻出，试探着准备向大石头爬去，大黄狗立即跳起来，对着蛇凶狠地狂吠，做出向蛇扑去的姿势，蛇急急忙忙又缩进石缝中。


五


雨水给月亮山人带来了新希望，有了水，撬掉石头开出来的田土长出的庄稼，也渐变碧绿和丰满。

　　旱情解除，岩窝井被弃用了。孙世富舍不得岩窝井，一有空就往井边跑，到井边什么也不干，就坐在石头上抽烟。抽完一杆烟，把身子扑到岩窝井里猛喝一顿，才起身回家。

　　一天，孙世富在岩窝井附近溜达，看到了一块石头，这块石头引起了孙世富的兴趣。石头是立着的，半截埋在土里，高出土里的半截大约一米半高，宽不过三尺，厚度还不到一尺。石头的表面光光滑滑，就像是一块天然的石碑。年轻时做过石匠，一辈子与石头打交道的孙世富看到这样的好石头，心又蠢蠢欲动起来。他抱住石头摇了摇，没有摇动，突然产生了一个想法，他要用这块石头做一块碑，立在岩窝井边，感谢王西平救石虎的命，也感谢他帮挖出井水。碑的正面刻上"吃水不忘挖井人"，背面刻上他要感谢王西平的话。

　　说做就做，孙世富回家翻找多年没用的石匠工具，到岩窝井边撬起了石头。

　　孙世富没有把做碑的事跟人说，包括儿子孙友福。孙友福来岩窝井边找孙世富，见他在撬石头，问他撬来做哪样，孙世富也只说撬来有用。孙友福和孙世富谈搬家的事，孙世富问他是怎么想的。孙友福说："爹，我想了好久，我们还是搬到移民新村吧。"

　　孙世富不说话，一口接一口地抽烟。搬家的事，孙友福跟他提了好多次，他一直没松口。孙世富知道，儿子孙友福对搬迁曾经犹豫过，觉得把家搬出去，离了田土后不知道怎么才能养家。看到好多人家搬迁走了，孙友福也曾犹犹豫豫地多次和孙世富提搬家的事，都被孙世富一口否决了。这次却大不同，孙友福和孙世富谈搬家，语言不再躲躲闪闪，态度也前所未有地坚决。孙世富明白，儿子孙友福的思想还是被王西平改变了。之前，王西平用语言影响孙友福，孙友福虽有所心动，却顾及他这个做父亲的态度，才摇摆不定，犹豫不决。石虎出事，王西平出手相救，以实际行动影响了孙友福的观念，一下子就坚定了孙友福搬家的决心。孙友福要感谢王西平，王西平救了石虎，等于也救了他们家。要是没有王西平，石虎就很难送到医院，就不会及时得到治疗。要是没有王西平，石虎治疗的一大笔费用，孙友福都不知道从哪个地方出。

孙友福直截了当对孙世富说："爹，不为别的，单凭王书记的这份恩情，我们都要支持他工作，不能再让他为难。"

孙世富何尝不知道王西平有恩于他家，只是他还没有想好，搬迁出去，他们除了种庄稼，一样不会，拿什么来维持今后的日子。孙友福说："爹，不会的东西我可以学。我和翠花才四十出头，别人学得会我们也学得会。搬出去您什么都不用做，只管看家，我和翠花进厂打工。石虎大了，搬出去，我好把他送去学校念书。"

孙世富说："这事得好好合计合计，你容我再想想，想好了我们再做决定。"

王西平第十八次上月亮山，见到孙世富，还没等他开口，孙世富就先主动说起了搬家的事。孙世富说："王书记，我同意搬，收完这季庄稼，我和友福就把家搬下山。"

孙世富的话让王西平有些措手不及，他没想到孙世富转变得这么快，快得他反而适应不过来了。

进入夏天，石虎完全好了，没留下什么后遗症。山上的苞谷戴上红帽子不久，石虎就出院回家了。

石虎出院回家的这天清早，孙世富出门去岩窝井边打磨那块石头，他想早点把活路做好，早点收工回家等孙子。石虎是王西平用车送回来的。把孙友福、翠花、石虎拉到山脚下公路边，王西平没有上山。孙友福一家离开公路爬上山，王西平就开车离开了。

孙友福带着石虎来到岩窝井边，孙世富还在打磨那块长条石。石虎叫了一声"爷爷"。孙世富丢下錾子，把石虎搂在怀里，对石虎说："来，让爷爷好好看看。"

孙世富摸着石虎的头问："跟爷爷说，这里疼不疼？"石虎说"不疼"。孙世富老泪纵横地说道："不疼就好，不疼就好。"

石虎指着打磨的石块问："爷爷，磨这个来做哪样。"

孙世富说："有大用处，等你长大就懂了。"

孙世富叫孙友福把石虎领回家，他再磨一会儿就可以收工了。

孙世富花半个多月，才把看中的那块石头打磨光滑。

王西平再次来到月亮山，这次是孙世富打电话叫他来的。孙世富把王西平领到岩窝井边，指着打磨好的石头对王西平说："王书记，你的字好看，你帮我在上面写几个字，我要在这里立一块碑。"

王西平问立什么样的碑，碑上要写什么样的字。孙世富说："立一块感谢碑，就立在井边。"

孙世富拿出一张写有"吃水不忘挖井人"以及感谢王西平话语的纸条递给王西平，指着纸条上的字说："就写这些字。"

王西平看到纸条上的字，问孙世富为什么要立这个石碑。

孙世富说："收完庄稼我们就搬去移民新村了，这个井是你帮我挖出来的。井里的水我还没有喝够，心里舍不得。我就想在这里立一块碑，感谢你救了我们家石虎，又帮忙挖出井水，给自己以后留个念想。"

王西平说："救石虎的不是我，是医院的医生。岩窝井能够挖出水，也不是我的功劳，您老在这里挖了十多天，我只帮了半天，这个功劳我可不能占了。"

孙世富说："医院的医生我们要感谢，你我们也要感谢。说到挖井，我挖了十多天，白费力气挖不出水，是你王书记给我带来的福气。你不光给我们一家带来福气，还给月亮山带来福气。没有你，我们月亮山的好多人家，都还只能生活在这满是石头的大山上，不可能住上楼房。"

王西平说："大叔您搞错了，要说感谢，也应该是我感谢您才对。是您老的宽容、大度、理解、支持，才让我顺利地把工作做好。还有，给您带来福气的不是我，是党和国家的扶贫好政策，我只是做了自己应尽的分内事。要感谢，也得感谢党、感谢国家扶贫政策对我们老百姓的关心。"

孙世富说："党我要感谢，国家我要感谢，王书记你我也要感谢。没有你跑前跑后，好政策也传不到我家屋头，也落不到我们这片石山上。"

王西平试图说服孙世富不要立碑，但孙世富却坚持一定要立碑。两个人就在井边你一句我一句争执起来。最后，还是王西平做出了让步，他说："我同意立碑，其他感谢的话就不要刻了，有'吃水不忘挖井人'这句话就是最好的感谢了。要是再刻其他的话，我就不让立碑了。"

孙世富也做出了让步，同意碑上除了刻上"吃水不忘挖井人"，不再刻其他话。

王西平说："把碑立在岩窝井边，'吃水不忘挖井人'这几个字也很贴合。我们要通过石碑告诉更多人，大家今天的好日子是怎么得来的，我们不光要记住，还更要懂得珍惜和感恩。"

立碑的事定下来了，孙世富对王西平说："王书记，说句实在话，我真不想搬出去。我这一把老骨头，一辈子都在这里和石头打交道。挖石头，撬石头，搬石头，砌石头，都与这些石头生出感情了。"

王西平以为孙世富反悔，不愿意搬迁，急忙说："大叔，说好的搬迁，您可不能反悔啊。"

孙世富说："我不是反悔，觉得就这么搬走了，有点可惜。这么多年，我们一直不停地撬石头，撬去石头造出这么多田地，刚解决吃饭问题，突然间就要搬家了。眼见着造出的田地又要撂荒，还真有点舍不得。"

王西平说："不会撂荒，大家都搬出去后，乡林业站就会派人到山上来种树。过不了多久，这些撬了石头的田地就会长出树林。到那时，这片石山就不光只有石头，还有树林，还会越变越美丽。"

# 六

庄稼收进仓，选定的搬迁日子也临近了。

饭桌上，孙世富对孙友福和翠花说："搬家那天我顺便把碑也立了。立碑和搬家都是大事，都要热热闹闹。跟你们商量个事，搬家和立碑，我想在家办一桌，请王书记和几个老亲戚，在老房子聚聚，热闹一回。搬到那边住上楼房，各家各户门一关，走动就没这么方便了。"

孙友福说："干脆我们把年猪也杀了，不要光请老亲戚，附近寨邻的大人和娃娃都一起请，大家都来热闹热闹。"

秋收后的移民搬迁，孙世富家是第一户。得知孙世富要在岩窝井边立碑纪念，要搬家的寨邻们都说，立纪念碑，他们也有份。在寨邻们的要求下，孙世富在碑的背面刻上了所有居住在月亮山上的人名。

"吃水不忘挖井人"的碑立好了，王西平找来帮助孙世富搬家的车子也到了山脚。

放了一大串炮仗，热心的寨邻、搬家的工人，如蚂蚁搬家，浩浩荡荡沿着石板山路，帮孙世富一家往山脚下搬运东西。

不绝于耳的鸟叫声被留在了身后，留在了月亮山。坐在王西平车上的孙世富，从车窗把头伸出去，恋恋不舍地注视着路两边向后退去的大石头。王西平的车开得很慢，装满锅碗瓢盆及所有家当的三辆卡车，跟在王西平车后，一辆跟着一辆，慢慢驶离山脚，驶出月亮山。

# 送　礼

一

　　羊睡下了，鸟儿睡下了，张荣富还没睡。张荣富在想着明天送礼的事，想着无论如何都要让郑卫明把这个礼收下。

　　屯上坡是个适合圈羊的地方。方圆二十多平方公里，没有村庄，没有庄稼地，有的只是一个又一个长满杂草的山坳。张荣富和他的羊，像一群迁徙的候鸟，在这些山坳中迁徙游动。吃光一个山坳的草，再迁往下一个山坳安家。

　　羊群总是像饥饿的孩子，天边刚现出鱼肚白，就迫不及待地喊叫起来。张荣富还在睡梦中，躁动不安的羊群，一遍又一遍地催促着他。迫不及待的头羊，将头挤出围栏，对着朦胧的山坡，不管不顾地"咩"了好几声。羊群推推搡搡挤在头羊身后，"咩咩"叫着。清晰刺耳的叫声汇成一股强劲的噪音，吵醒了睡梦中的鸟儿，鸟儿也不耐烦的集体聒噪起来。

　　头戴应急灯的张荣富跨进羊圈，拴捆昨天做好记号的两只公羊。羊群挤成一堆，张荣富的到来，让羊群起了一阵不小的骚动。张荣富挤过骚动的羊群，用手上的绳子捆住一只公羊的角，拉到一边，将绳子拴到栏杆上。张荣富去拴另一只公羊，公羊挤在羊群里，羊群裹挟公羊，在狭小的空间挤来挤去。张荣富抓住公羊的角准备拴绳子。头羊挤过来，用角顶张荣富，张荣富一只手紧抓羊角，一只手推开头羊。最后把抓到的公羊拖到一边，用绳子套住羊角拴到栏杆上。羊群挤成一堆，望着被拴住的两只羊，叫声更加混乱无序。天亮明了，四周山峰的轮廓，在越来越清晰的晨曦中露了出来。

张荣富打开圈门，羊群如一片金黄色的云彩，簇拥着头羊涌出圈门，欢天喜地散向四周山坡。羊群"咩咩"的叫声，算是跟张荣富打了招呼。

黑暗散开了，山坡鲜活了，"咩咩"的羊叫声散得四处都是。被拴住的两只公羊，在羊圈里摆头挣扎抗议，不断发出"咩咩"的回应。

张荣富胡乱洗把脸，解下捆在栏杆上的绳子，牵着两只羊踏向出山小路。

山坡上"咩咩"的叫声，像在呼唤离群的两只山羊。听到呼唤的两只羊，不肯轻易听从张荣富摆布，它们不想走小路，想去山坡上和羊群会合吃草。张荣富拉紧绳子，羊用后腿蹬在地上，前腿绷直使劲往后退。张荣富手里的绳子绷得很直，张荣富用力一次，羊就不情愿地往前挪一步。

张荣富每天给亚龙湾酒店送一只羊，今天，他赶两只羊下山，另一只羊，他要拿去送给结对帮扶他的副乡长郑卫明。

一只羊角的绳子脱落了，羊也不知道跑，傻傻地站着。张荣富抱住羊脖子，重新将羊角系牢。张荣富系好绳子，羊才开始挣扎。张荣富说："你就老老实实的吧，这回我捆得很牢固，除非把角扭断，否则你休想再弄脱。"

羊似乎也认命了，抗争了一会儿，就好好走路了。张荣富把羊让到前面，把绳子挽在手上当羊鞭子，一路上赶着羊走。

太阳没有出来，路边茅草还沾着湿漉漉的露水。羊边走边吃路边的草，张荣富也不急，羊吃草他就站下，看羊吃得差不多了就吆喝一声，赶着羊继续往前走。

那个亚龙湾酒店的老板，张荣富想起来就觉得好笑。又胖又矮，走山路像一个滚山猪（一种昆虫，感受到威胁，蜷起身子滚动躲藏）。汗水在他脸上，就像下雨天滴落的屋檐水，大颗大颗往下滚，每动一步，小路的石板上都会清晰呈现出濡湿的一片。即使走动很困难，他还是跨过牛洞河，一步一挪跟着郑卫明爬上了屯上坡。

站在屯上坡，亚龙湾的胖老板说，我表弟要我与你结对，让我帮扶你。我得要实地看看，看你是不是真穷，是不是值得我帮。我的钱也是辛苦得来的，要拿出来我心中也得有个数才行。

看到张荣富的羊，胖老板一边擦汗，一边对张荣富说："嗯，我表弟还真没骗我，你不是那种懒穷，什么事也不想做，只晓得坐在家等我拿钱来买米吃的人。你这个对子我结了，我这次来还要买你的羊，一天一只，保持新鲜。每天早上你帮我送到河对面公路上，我开车到公路上来把羊接走。价格由你定，只要不是高得离谱我都接受，账一月一结。以后你要是有想法或者要扩大规模，我再过来看，缺少资金我也可以借给你。但得先说好，钱是借不是送，没有利息，你赚到钱就把本金还我。"

张荣富和郑卫明陪胖老板在屯上坡上走走看看，既看张荣富散落在山坡上的羊群，也观赏山边壁如刀削的大岩石，最后，他们站到了屯上坡垭口上。

从屯上坡垭口往远处看，周围十多公里的景致尽收眼底。逶迤的远山，错落有致的山坳小田坝，绵延起伏的峰丛，一条由西往东的大峡谷，峡谷里的牛洞河，互为依赖，互为点缀，镶嵌成一幅幅别致的山水画，烘托出这片土地的神奇和幽雅。

胖老板被这些风景迷住了，一边喘着粗气，一边不忘赞叹。

胖老板说，很漂亮很迷人，可惜这边远了点，也不通公路。要是通公路，在这里建一个山庄，把有钱的城里人招到这里来，一边吃烤羊肉一边看风景。用不了两年，肯定会赚大发。

郑卫明说："一天到晚就知道想钱，我说表哥，你能不能在钱之外也想点别的事？"

胖老板说："我一个生意人，不想钱想哪样。我也很想考虑国家大事，我考虑有用吗，就是考虑了我又能做哪样？想别的，我还想给自己找个小情人，像别的老板那样潇洒走一回。我敢吗？想法还没出怕你嫂子就先找人把我阉了。"

郑卫明说："你就不会帮我想想，用什么样的法子把这个地方搞发展起来，让这个村尽早脱贫出列，让张荣富早点致富。"

胖老板说："脱不脱贫，出不出列那是你的事，我不想。话又说回来，这么边远的地方，国家不出大力，光凭你个人，就想让一个贫困村脱贫出列，我看难。"胖老板看了张荣富一眼，意味深长地说："至于荣富兄弟能不能致富，那不是我说了算，还得他自己说了算才行。是不是，荣富兄弟？"张荣富很不自然，又不知说什么好，只好对着胖老板笑了一下。胖老板又对郑卫明说："你叫我买荣富兄弟的羊，我答应了，也来买了，荣富兄弟致富的事，还是留给你去帮他想吧。"

郑卫明说："谁说国家不出大力了，抓扶贫就是国家出的大力。比如牛洞河上的大桥，县政府就立项了，过完春节就开工。大桥修起来，再修公路，解决了交通，通过扶贫工程再帮他们努力一把，他们的好日子不也就好起来了。"

胖老板和郑卫明说话，张荣富插不上嘴，他们的话，他一字不漏地听了进去。要是能够实现郑卫明讲到的通桥通路，再加上现在的好政策，实现他过好日子的愿望也就不会太远了。

临走，胖老板附在张荣富耳边说："我表弟当副乡长了，我们都得帮衬他。我跟你结对，我们就算一家人了。从现在起，你负责养羊，我负责收羊，只要我表弟还在跟你结对，我也会一直跟你结对下去。以后他要是有出息，往高处走了，他叫我继续帮你，我就还继续帮你。我听他的，你也不要辜负他。"

# 二

一个人两只羊，在曲折的山路上缓慢移动。太阳升起来，有些热了，张荣富将外衣脱下搭在手臂上。秋天张开了手臂，山脚下田坝的庄稼就到收割的季节了。那些在县城、省城和更远一些地方打工的人，也要转回家来收割庄稼了。

张荣富没种过庄稼。张荣富的父亲是那种脑筋不好使的人，在爷爷奶奶的调教下，他学会了种庄稼。他的一生，除了种庄稼，会做一口吃的，什么都不会做。张荣富的爷爷奶奶在世时，张荣富的父亲就跟着爷爷奶奶种庄稼。种庄稼之余，张荣富父亲的另一个爱好就是喝酒。他把喝酒和种庄稼连在一起，拼成一年四季一成不变的日子。喝了酒，他种庄稼就有力气，没有酒喝，他的骨头就软，种庄稼就没有力气。

张荣富的父亲四十六岁才讨上老婆，这个老婆就是张荣富的母亲。张荣富的母亲比他父亲还要傻，身体不好，不会种庄稼。但会生小孩，跟张荣富的父亲结婚后，生了三个孩子。第一个孩子生下来，是个女孩，还没出月子，就被她用被子捂死了。张荣富是父母的第二个孩子，生下地就被奶奶抱去照顾了。其后，张荣富就一直由奶奶带大，奶奶教张荣富说话，教张荣富做事，送张荣富去读书。爷爷奶奶唯独不教张荣富种庄稼，他们要张荣富好好读书，读书有出息再来孝敬他们。张荣富母亲生第三个孩子时难产，家人找人把她送医院，还没有抬过牛洞河就不行了，大人孩子都没保住。

张荣富一直为自己生在这样的家庭悲观难过，但这是事实，他无法选择，也无法改变。长大懂事后，张荣富想，改变不了出生的命运，那就努力改变自己的处境。为了改变处境，张荣富拼命读书，从小学到中学，学习成绩一直名列前茅。

张荣富一直以为自己可以沿着读书这条路走下去，直到有一天走出大学校门，找一份体面的工作，回到家光宗耀祖。天有不测风云，张荣富初中二年级下半学期，爷爷生病去世。爷爷去世三个月不到，奶奶上坡干活摔一跤，抬到家不久就去世了。去世前，奶奶拉着张荣富的手，要张荣富一定要照顾好傻子父亲，无论如何都不要丢下他。奶奶拼着最后力气说完这两句话，睁着眼睛盯着张荣富，到死都没合上。后来，张荣富和郑卫明结了对子，成了朋友，张荣富说，他什么都不怕，就怕奶奶盯着他的那双眼睛，到现在都还怕，走到哪里都忘不了。

一年中，张荣富连失两个至关重要的亲人，这个打击太大了，他那稚嫩的肩膀无法承受，学习成绩从此一落千丈。初二还没有读完，张荣富就辍学了。

辍学在家的张荣富不种庄稼，他无法面对那个一天只知道扛锄头上坡干活，干活回来就要喝酒的傻父亲。没有酒喝，父亲就在家砸东西，他把在坡上没有使完的力气，放在打砸东西上。父亲不光砸东西，有时也打张荣富，打不过父亲的张荣富，在辍学那年的秋天，就跟一个同学跑去了新疆。

张荣富本来和同学要到新疆淘金，到了新疆，他们才发现，金矿早被封，淘金者都被遣返了。张荣富不愿回家，就在新疆四处流浪。他在工厂打过工，帮人种过棉花，后来，帮人放羊。要不是乡里派驻纳料的扶贫工作队员郑卫明电话找到他，一次次通过电话劝他回家照顾父亲，张荣富就真想在新疆待下去，直到攒够钱，娶一个新疆女人成家。

其实，张荣富还是有孝心的。在新疆流浪那几年，身上只要有钱，除够生活开支，他都会或多或少寄一些给和他家关系好的堂叔，请他帮忙安排父亲的生活，嘱堂叔给父亲买酒喝买肉吃。张荣富的父亲虽然六十多，但还有的是力气，会种庄稼，只要有酒喝，他种庄稼养活自己不会有问题。郑卫明之所以动员张荣富回家，也很有把握张荣富会回家，是基于张荣富没有泯灭的这一点孝心，让他在一次次被张荣富拒绝后，却仍然不愿意放弃。

张荣富家是郑卫明的帮扶对象。第一次由村领导带着走进张荣富家，郑卫明简直不敢相信自己的眼睛，现在居然还有这样破败的家庭。房屋四面通风，家具、锅碗盆瓢扔得到处都是，床上油腻地堆着一堆破烂，被子不像被子，床单不像床单，衣服不像衣服。蹲在角落里的老男人，端着一碗酒，惬意地喝着，进门的这一大群人，对他来说仿佛就是空气。不打招呼也不移动身体，大家走到他身边，他都还在继续喝酒。映入郑卫明眼帘的喝酒人，蓬头垢面，胡子拉碴，仿佛一辈子没洗过脸，除了两个还在转动的眼珠，已看不清面容。

村领导向郑卫明介绍张荣富家的情况，郑卫明心中很不是滋味。他说，为什么不多给他一些救济物资，让他穿好、盖好。

村领导很委屈，他说，给了，每年民政的救济物资下来，都是优先照顾他，每年都是双份。东西到他手上，没几天又不成样子了。

张荣富的堂叔也证明了村领导说的是实话，他说："他儿子还跟他寄钱来，钱都放在我这里，一个礼拜就给他买一回肉给他改善生活，一天买一次酒给他喝，还给他买新衣服。新衣服到他手上，穿一两天，就变成烂衣服了。"

郑卫明责怪张荣富的堂叔："你明知道他是个傻子，还买酒给他喝。"

张荣富堂叔说："他不喝酒就做不成事情，就在家砸东西，有酒喝他还能去坡上做活路，每年种出来的粮食还能够养活他自己。"村领导也证明了张荣富堂叔说的是真话。

郑卫明和村领导、张荣富堂叔商量解决张荣富父亲的事情，郑卫明说由他出钱，请张荣富堂叔多辛苦一点，负责照顾他的生活起居，张荣富堂叔不干。他说，他家儿女都在外打工，家中还管着三个孙子，光是小的都顾过来，再管一个傻子，他没有那么多精力。商量来商量去，提的很多办法都行不通。最后还是一位村领导说，最好的办法是叫他儿子来家，他儿子回来，什么问题就都解决了。张荣富的堂叔也认同这位村领导的意见，但是他说，关键是谁能够喊得动他回来，之前我劝过他很多次，他都不愿回。他宁肯多寄钱，也不愿意回家来。

郑卫明说："我来试试吧。他父亲这个样子，他不回来怎么行。"

不知道打了多少次电话，也不知道电话上谈了多少次心。终于有一天，张荣富在接到郑卫明的电话后对他说："郑领导，我决定回来，我们说好，我回家你帮我找一件事情做。我不会种庄稼，回家你找不到事情给我做，我还会离开家。"

张荣富前脚踏进家门，郑卫明马上就跟着进门了。在这之前，郑卫明找人到张荣富家，帮助修缮了房屋，打扫了卫生，清洗了衣物被褥，给张荣富父亲理发，刮胡子，还买了新衣服。张荣富进家，看到家中焕然一新，父亲看上去也精神了许多。他嘴上虽然不说什么，还是流露出了感激之情。

郑卫明问张荣富回来后有什么打算，想没想到有什么合适的事情做，张荣富说还没想好。那时，张荣富真不知道这片土地上有什么适合他做的事情。虽说回家了，心却还是难回来，山高边远的纳料，一度让他很绝望，不知道出路在哪里。

郑卫明帮张荣富理思路，分析形势，他说："打工你是不可能再去了，老父亲必须得有人照顾。我手上有一个养羊项目，一直没有得到落实。这里的人没养过羊，项目一直推不下去。你如果愿意，这个项目就落实给你。所有的手续我来办，包括贷款、购买种羊，都不用你操心。其实，我是想把这个项目做大，在纳料成立一个养羊合作社。既然大家都没有这个觉悟，你就一个人先搞起来，以后羊群壮大有效益了，我们再来成立合作社，你再带领大家一起养羊。"

张荣富问养什么羊，是山羊还是绵羊。郑卫明说："养山羊。"

张荣富说："山羊我会养，我在新疆给人打工，就是帮人转场子放山羊，我不光会放羊，羊生病了我还会治。"

郑卫明对张荣富说："就这样定了，养羊这个项目就落实给你。我考察过了，你们寨子背后的屯上坡，山坡宽阔，山坳众多，草场丰富，草质优良，特别适合养羊。项目定下来，我请师傅过来，和你一起到屯上修羊圈。"

## 三

走到山垭口，羊站了下来，羊看到了挡在前面的篱笆。篱笆是一道屏障，挡住下山的小路，不让羊从这里下山。张荣富并不急于去推开篱笆，张荣富看见了自己山下的家，他不知道自己的傻子父亲现在在干什么，是在家喝酒还是已经上坡去干活了。

张荣富回到家，父亲的吃喝得到了保证，生活变得正常起来，衣服也不再穿得破破烂烂，邋里邋遢，出门干活开始有规律。最明显的改变是，酒喝得少了，即使少一顿没有酒喝，也不再乱发脾气，乱砸乱扔东西了。

张荣富曾经也打算把父亲带上屯上坡，教父亲放羊，让父亲做自己的帮手。但是父亲管不住羊，天黑羊进圈了，父亲还在树林或草坡睡觉。关上圈门的张荣富，不得不去坡上把父亲找回来。这样的情况出现几次后，张荣富再也不敢带父亲上山了。

张荣富在屯上坡放羊，有时晚上就住在羊圈。郑卫明从河对面的村办公房过来，碰到张荣富住在屯上照管羊，郑卫明就住到张荣富家，帮张荣富照顾他父亲。

父亲一直是张荣富的心病。想到父亲，张荣富就想到了奶奶，奶奶的嘱托，奶奶的死不瞑目，张荣富回想起来，心中就无比疼痛。

爷爷和奶奶就葬在距家不远的河坎上，他们一生都没有跨过河。他们的坟茔背靠屯上坡，面对牛洞河。纳料先人们的坟茔都是经过地理先生踩点选择的，都是背靠山，面朝河。地理先生说这样的坟头靠山好，视野开阔，看得远。张荣富一直都没弄明白，人死了，坟头还需要靠山干什么。死人都葬地底下，看得远或近对他们还有用吗？

抛开边远闭塞，纳料这片土地风景还是相当不错的。特别是牛洞河以及滋养牛洞河的峡谷，像一条绿色的巨龙，在崇山峻岭间蜿蜒腾挪。春天，森林碧绿，野花盛开，百鸟和唱，到处是生机勃勃的新气象。夏天，草木葱郁，山上百兽欢愉，河里鱼游嬉水，万象更新。秋天树叶流彩，遍地果实飘香，一派丰收景象。冬天植被沉寂，野兽猫窝过冬，河水流动舒缓，生命节奏放慢，山野处处都是蓄势待发的景象，令人不忍远离。

在屯上坡一季季野草滋养和张荣富细心照料下，羊繁殖得很快，羊群一年年壮大。养羊的第三个年头，原来的三十只种羊，一下子就壮大到了九十八只，眼看就快要突破一百只了，他的羊却还一只都没有变成钱。看着羊群数量一天天增大，养羊的开支也一天天增多，张荣富开始心慌起来。

张荣富找郑卫明提卖羊的事，已经提了不下五次了。每次郑卫明都说不急，正在联系买家，要整体卖，要一次卖十只以上，东一只西一只卖不成钱。

郑卫明不急张荣富急，这些养羊的钱中，除了郑卫明跑来的贷款，还有张荣富在新疆攒下的一万多元钱。原说好两年就有效益，现在都快四年了，效益还是个未知数，张荣富和父亲的生活都捉襟见肘了。

当着张荣富的面说不急，实际上郑卫明比张荣富还急。原本是想让张荣富通过养羊脱贫，既致了富又能留在家照顾他那患病的父亲。目的没有达到，张荣富有可能还会跑出去，还会抛下他的父亲。

张荣富的羊群可以出栏销售以来，郑卫明一直就在为如何把羊销售掉而焦头烂额。动员张荣富养羊，郑卫明是担了风险的，养羊的贷款虽说不要利息，但本金得还。卖不掉羊，张荣富还不起贷款，郑卫明就得帮他还上。当初，郑卫明也曾担心张荣富不会养羊，县畜牧公司分给纳料的六十只种羊，郑卫明折中只要了三十只。把这三十只种羊交到张荣富手上，郑卫明的心都是七上八下的，真怕张荣富管理不好，把三十只种羊一下子就全养没了，给他留下一摊子烂账。实践证明，张荣富的确像他自己说的那样，养过羊，也会养羊，他没有让郑卫明失望，甚至做得比郑卫明想象中还好。羊群一天天壮大，销售却成了问题。原来答应羊出栏后要回购的县畜牧公司，在回购这件事上扯皮不认账。郑卫明去找，畜牧公司说他们被骗了。原来县畜牧公司是通过省扶贫办某领导牵线和这家外省公司搭上桥的，为推动玉水县养羊，外省公司还专门在玉水县设了个办事处。老百姓养的羊出栏了，该回购了，畜牧公司去找办事处，才发现办事处早撤走了，留下的公司电话也打不通了。接待郑卫明的人说，他们也是受害者，已向公安局报案，公安局也立案了，现在只能等破案了才会有结果。

郑卫明跑到公安局去问，接待他的人说，这个案子很大，牵涉到的人很多，而且跨省，什么时候破案现在还是个未知数。案子破不了，受害的就是老百姓。畜牧公司能等，郑卫明能等，张荣富这样的老百姓和他们的羊群却不能等。羊群繁殖再快羊长得再好，带不来经济收益，对老百姓来说，就是个负担。

为阻止羊群无限制壮大，张荣富找来当地一个劁猪匠帮忙，把三十八只公羊和十二只母羊劁了。即使劁了这么多羊，羊群还是一月一个数地不断增加。

郑卫明再次来到屯上坡，这次终于带来了好消息，他找到了买家。

郑卫明兴奋地告诉张荣富，是个大买主，第一次先买四十只，一个星期后他还来拉第二车，还是四十只。张荣富问多少钱一斤，郑卫明说出了他和买家初商定的价格。张荣富说，太低了，刚抵本钱，一点儿赚头都没有。郑卫明说，价格是低了一点，但细水长流，只要他帮你把出栏的壮羊都卖出去，也还是有赚头的。

买主以很低的价格从张荣富手里买走了四十只羊，说好的第二个星期再来拉四十只。但拉走第一车后，买主就不再露面了，郑卫明打电话去问，买主说羊不好卖，第一次拉去的四十只都没有卖完，他不想再买了。挂掉电话，郑卫明愣了半晌，狠狠地骂了一句难听话。这个时候要是买主在旁边，他定会冲过去和买主狠狠干一架。

郑卫明绞尽脑汁，动用各种关系，又帮张荣富卖掉了三十只羊。张荣富的羊圈总算不那么拥挤了，但钱却没有赚到几个，除了分期还贷款，到手上的更是少得可怜。看到郑卫明一天四处奔波在为自己卖羊，张荣富知道郑卫明也是在为他好，即使赚不到钱也不忍责怪他。当郑卫明有一天过来对张荣富说，他又找到了买主，这次还可以卖二十只羊时，张荣富说，不卖了，这样卖下去就要大亏，本钱就找不回来了。剩下的这些羊，慢慢养，慢慢卖。他自己去找那些开饭馆的老板，哪怕一个月卖掉一只，也总比成批卖亏本划得来。

张荣富提到饭馆老板，郑卫明的眼睛一亮，他二姨家的表哥就在县城开着一个叫亚龙湾的酒店，生意虽不是很火爆，但还过得去。郑卫明决定去找表哥帮忙，让他的酒店收购张荣富的羊。

郑卫明找到亚龙湾，表哥很为难，说他的酒店不经营羊肉，也没有会做羊肉的厨师。郑卫明没有放弃，一直跟表哥软磨硬泡。郑卫明现在已经筋疲力尽，畜牧公司耍赖，公安局那边没信息，银行贷款一半多没还，张荣富已处在崩溃边缘。他必须要拯救张荣富，他要让张荣富安心留下来，不把他的父亲推向社会。

郑卫明的死缠烂打，表哥总算松口了，决定在酒店增设一道烤羊肉。表哥说："那个张荣富脱不脱贫跟我没关系，我这是在帮你。你小子也跟我记着，你现在是副乡长，手上也握着点小权了，以后你们乡到县城来搞接待，就来我的酒店，不要再往别处跑。要是我发现你们在县城接待，不来我的酒店，我就不再帮你。"

郑卫明说："一定不会去别处，你哪天开始烤羊肉，我哪天就把我们同事都叫来，专门到亚龙湾来吃烤羊肉。"

四

人和羊跨过牛洞河，爬上河边的公路。河谷的雾升高了，阳光被雾霭锁在高空，迟迟没有照射到公路。大雾弥漫着公路，公路边，河坎上的很多景物，沉浸在阳光挑起的雾霭中，打着长长的哈欠，做着一天开始的准备。

浓雾中，一排整齐划一的楼房映入张荣富眼中。这是纳料的移民新村，搬进移民新村的，都是比纳料更远的几个村民组。纳料组本来也计划要搬到公路边居住，牛洞河上架桥的计划通过后，纳料就不再纳入搬迁范围了。

移民新村的房子很漂亮，一幢一幢的，像小别墅。移民新村的房子就像朝气蓬勃的年轻人，阳光、有活力，不像河对岸张荣富他们寨子的房子，老态龙钟，灰不溜秋。特别是近年，好多出去打工的人家，把孩子送到县城去上学，把老人叫到县城去照管孩子，纳料就更显空荡，看上去就更没有朝气。

张荣富不止一次都想走出纳料，要不是被羊群牵住手脚，他早就跑回新疆了。新疆是个好地方，天开地阔，环境优美。缺点就是生活太孤单，以前在那边帮人放羊转场子，一天都难得碰上一个人。也有好处，好处就是在大戈壁骑摩托，想开多快就开多快，轰多大的油门都没有人来管。

张荣富一直认为自己应该恨郑卫明，是郑卫明喊他回家，用养羊捆住他手脚，让他不敢再分心去想其他事情。内心里，张荣富不甘心一辈子就做一件事情，更不甘心用一生的时间来陪伴、照顾又傻又愣的父亲。除了血缘关系，张荣富对父亲没多少感情，从懂事那天起，他就不待见他。要不是奶奶临死前不肯闭合双眼，郑卫明说得再好，他都不会从新疆回来。

尽管郑卫明帮他做了那么多事，他也没有要感激他的意思。在张荣富看来，郑卫明为他所做的一切，都是天经地义，是政府安排给他的工作，是他到纳料来扶贫应尽的职责。直到有一天，来拉羊的亚龙湾胖老板，装好羊没有急着走，站在公路边与张荣富说话。胖老板说："我表弟对你真是实心实意，比对我这个表哥都还好。"

胖老板说："我的酒店从来没做过羊肉生意，为了要我买你的羊，表弟硬是逼我做了这道菜。不过也好，我亚龙湾现在的烤羊肉，反而成了一道特色菜，很多客人都爱点这道菜。听他的话帮了你，我也不亏。"

胖老板告诉张荣富，他原来也是县城附近的农民，城市扩大，承包地被征用，才开始学做生意。他说："好多事都是被逼出来的，当初我的承包地要不被征用，我也不会走上做生意这条路，我也就不会开酒店。就像你老弟，当初如果没有我表弟逼你，你也不会养山羊，现在你也不会有这么多羊。"

"逼出来的"这句话，胖老板真是说到了张荣富的心坎上。

张荣富要给郑卫明送一只羊，这是他和胖老板在公路边交谈后做出的决定。胖老板说："亚龙湾酒店做的第一次烤羊肉，是郑卫明带人去吃的，他们去了两桌人，整整吃掉了一只羊。"结账过后好久，他才知道，那天请人到亚龙湾去吃烤羊，不是什么公款接待，而是表弟自己掏钱请的客。胖老板的话让张荣富很惊愕，没想到郑卫明为了帮他卖掉羊，个人掏钱去请人吃饭。光凭这一点，他张荣富无论如何都要感谢郑卫明。一念到止，张荣富决定给郑卫明送礼，就送一只羊，感谢郑卫明这些年对他的照顾。

太阳漫到公路，山越来越清晰，路越来越宽敞。胖老板打来电话，说有事耽误来晚了，叫张荣富在公路边多等一会儿，最多四十分钟他就会赶到。

张荣富不想傻站在公路边等待，他赶着羊，顺着公路，越过移民新村往前走。羊蹄踩踏在宽阔的公路上，发出"嗒嗒"的声音。声音回应在张荣富耳中，像一支优美的乐曲，张荣富感到陶醉。

上个星期来拉羊，胖老板告诉张荣富，现在禁止公款吃喝，单位招待也在减少，酒店的生意越来越难做了。以前一天一只羊都不够卖，现在两天一只羊都卖不完了。

胖老板说："兄弟，实在对不住了，以前要你一天送一只羊，原谅老哥，现在就改两天送一只，价格不变，仍然是一月一结。"怕张荣富担心结不到账，胖老板保证说："兄弟尽管放心，生意再难，我都不会赖你的账。再说，还有我表弟在那里，他这么实心实意帮你，我也不能给他使绊子。"

踩着羊蹄奏响的乐曲，迎着初升的太阳往前走，张荣富的心情很不错。他迈着急匆匆的步伐，牵着两只羊往前赶，除了要尽快见到胖老板，他还想跟着胖老板的车，亲手把羊送给郑卫明。

走不到一公里路，胖老板的车就停到了张荣富和羊面前，从皮卡车上下来的不光胖老板，还有郑卫明。看到张荣富赶两只羊下山，胖老板很奇怪。胖老板说："我不是说了吗，是两天一只，不是一天两只，你赶来两只，我怎么卖得完，拉过去我也没有圈关。"张荣富说："另一只不是卖给你的，我是拿来送给郑乡长的。"听到另一只羊是送给他的，郑卫明也不客气，他说："既然是送我的，我就收下了。"

装好羊，郑卫明对张荣富说："我也有一样礼物要送给你，公安局那边破案了，你剩下的欠银行的那些贷款，就要由抓到的骗子来偿还了。以后你不用再担心贷款的事情，好好养羊，这些羊现在都是你的，卖羊所得的钱都是你的收入。"

胖老板邀请张荣富跟他们一起去亚龙湾，他今天要露一手新学到的手艺，烤一只让客人吃了一次都还想再吃的烤全羊。胖老板说："你这个养羊人肯定没好好吃过烤全羊。今天你跟我们过去，好好品尝品尝我的手艺，也品尝自己饲养的羊味道。"

# 搬　家

一

妈妈去世的第二年，雨珠家在县城分得了房子，要搬去县城居住了。

十二岁的雨珠心事重重地坐在门槛上，大黑从远处跑过来，蹭到雨珠身边，目不转睛地盯着雨珠，不停地摇着尾巴，希望雨珠能够和它玩一会儿。雨珠把手放在大黑头上，就不再有多余的动作了。大黑见雨珠只是把手放在它头上，而不是像平时那样做出让它在地上翻滚的动作，已经躺到地上的身子又坐了起来。

雨珠不和大黑玩耍，大黑觉得很无趣，它站起来，走到院子中，弓起身子，抖抖身上的毛发，就准备出门去找伙伴玩耍了。

"大黑。"雨珠叫了一声，快要走出院子的大黑停了下来。大黑只是站了一小会儿，没有回头，它还不确定雨珠是不是在叫它。

"大黑。"雨珠又叫了一声。这次大黑确定雨珠是在叫它了。

大黑回头望向雨珠，雨珠也正望着它。看到大黑回头，雨珠又叫了一声。

"大黑，过来。"

大黑再次确定雨珠是在叫自己后，立即摇着尾巴颠颠地跑向雨珠，把毛茸茸的大嘴蹭到雨珠裤腿上。

雨珠用手摩挲大黑的头，顺着大黑的头慢慢摩挲到大黑的尾巴，来来回回，把大黑抚摸得前所未有的惬意。惬意中的大黑抬起头，盯着雨珠，望见雨珠散淡地看着远处的某一个地方，手只是机械地在它的身上动作，大黑感到小主人有心事了。

大黑索性靠着雨珠坐下来，眼睛随着雨珠的目光看向远处的一个地方。

远处那个地方是一片空空荡荡的田野，越过空空荡荡的田野，才是一眼望不到头的朦朦胧胧的大山。这些景物每天都在大黑的目光中存在，大黑到这个家以来，这些景物就没多少变化。大黑在跟其他伙伴玩耍中，有时会互相追逐跑过田野，跑到对面山上，惊飞起一些小鸟，或者追着从草丛中蹿起的蛇，从一个草丛到另一个草丛。有时，它们还会惊起野兔，追着野兔满山跑，运气够好，还可以逮到野兔，大家争吃了，再惬意地追逐回家。

雨珠从远处收回目光，两只手都放到大黑身上。雨珠把大黑的头揽到自己身上，大黑也不得不收回目光，仰望雨珠。

"大黑。"雨珠说，"再过二十天，我们要搬到县城去了，你怎么办呢？"

大黑知道雨珠在跟它说话，却不明白雨珠跟它说的是什么话，它只是一个劲儿地摇着尾巴，一个劲儿地仰脸看着雨珠。

"大黑。"雨珠说，"你跟我们去县城吗？姐姐说县城的房子很小，没有你住的地方啊。你该怎么办呢，大黑？"

大黑仍不明白雨珠的喃喃细语在告诉它什么，除了很频繁地摇动着尾巴，它不知道还应该做些什么。摇尾巴、在地上翻滚，一直都是它逗弄主人开心的经典动作。大黑的尾巴已经摇得有些累了，雨珠还是一副不开心的样子。雨珠没有要大黑到地上去翻滚，大黑就只有紧紧靠着雨珠，仰脸看着雨珠。

"大黑。"雨珠继续说，"我们走了，没人给你做饭吃了，你会自己去找吃的吗？大黑！"

雨珠把大黑的头抱得很紧，大黑感到不舒服，挣扎了一下，从雨珠的手里挣脱出来，退到一边，使劲抖了抖身上的毛发。大黑没有走远，站在一边，不解地看着雨珠。雨珠也看着大黑。雨珠继续说："大黑，我们都不在了，你就到隔壁大奶奶家去吃饭吧。我们会留一些米给大奶奶，叫大奶奶做饭给你吃，吃好饭你就帮大奶奶看家，好不好？"

大黑仍在摇尾巴，但没有之前在雨珠身边摇得勤了。尖起的耳朵虽还在听雨珠说话，却显得有些心不在焉。大黑看着雨珠，也不时地看着别的地方，做着随时准备从雨珠身边走开的姿势。

雨珠说："大黑，你答应了，答应了就好。但你要听大奶奶的话，不能到处乱跑，跑丢了没人找你回家。大奶奶年纪大了，她是跑不赢你的，你跑丢了她也会不管你的。"

"突突突"，一阵摩托车的轰鸣声从村头传来，雨珠还在说话，大黑箭一般蹿了出去。十八岁的姐姐雨珍回来了。雨珠从门槛上站起来，走到院子，雨珍的摩托车也冲进了院子，摩托车的身后，跟着一路撒欢的大黑和两只邻家的狗。

"姐。"看到雨珍停好摩托，摘下头盔，雨珠叫了一声。

"雨林呢？"雨珍边往门边走边问雨珠。

雨珠说："到红胜哥家看电视去了。"

来到门槛边，雨珍没有进家，而是一屁股坐到旁边的石凳上，雨珠也坐到门槛上，盯着雨珍看。

"姐，找到买猪的人了吗？"雨珠问。

雨珍说："没有，人家都不愿意来看，叫我们拉过去，还要看猪的大小和肥瘦，才决定买与不买。"

雨珠舒了一口气，悬着的心也放了下来。没有人来买猪，她就还可以继续喂养，还可以跟猪朝夕相伴。

"姐。"雨珠叫了一声。雨珍停下脚步，回头看雨珠。

雨珠说："姐，我们不卖猪，好不好？"

雨珍说："秋后，我们就要搬去县城了，县城的房子又没有猪圈，不卖猪怎么成呢？"

雨珠低头看着自己脚尖，脚尖不远处，几只小蚂蚁在地上跑来跑去，有两只爬到雨珠脚边，伸着触须想爬上雨珠的凉鞋，试探了一下又放弃了。雨珠不敢看雨珍，紧盯着蚂蚁，细声细气地说："姐，我在家喂猪，我们不去县城行吗？"

雨珍做了一个很武断的手势，不满地说："不行，爹常年在外打工，我在县城上学，只有你和雨林都住到县城去，我才照顾到你们，爹也才好安心在外边打工找钱。我们不光要卖猪，还要想办法把大黑也卖掉。"

眼泪在雨珠的眼眶里打转。雨珍走了，雨珠伸手在脸上抹了一把，哽咽了一声，又很快把声音压了下去。

雨珠又抹了一把泪，站在门边显得有些手足无措，大黑早跟着别的狗跑出去玩耍了。刚才听到雨珍说要把大黑也卖掉，雨珠就有些心慌，她不知道大黑听没听到雨珍说的话。妈妈在世时说过，牲口虽然不会说人话，但都能听懂人话，一旦听到有人说要杀掉它们或卖掉它们，它们就会想方设法逃跑或绝食抗议。大黑如果听到雨珍要卖掉它，它会跑掉吗？

二

雨珠拎着猪食向猪圈走去，猪圈在房子的另一头。母亲在世的那些日子，猪圈里关着两头牛、一匹马和一头猪。母亲去世后，父亲把牛和马都卖了，用卖牛马得的钱给母亲办丧事，猪也在母亲的丧事上杀了请帮忙的人吃了，猪圈从那个时候起就空了。

现在这头猪是扶贫猪，开春由扶贫干部送来的。寨里二十四户人家，每户人家一头，共二十四头小猪。送小猪那天，姐姐雨珍还在县城上学，父亲也在镇上干活，没在家。雨珠带着弟弟雨林去看分小猪，肥嘟嘟的小猪被装在笼子里，码成三排，整整齐齐地摆放在地上。村民组长拿着花名册在那里点名，点到谁家的名字，谁就走上前去提起一个猪笼回家。点到雨珠父亲的名字时，雨珠没有看到父亲，也不敢答应。村民组长连喊了三声，见没有人答应，张着眼睛望见了在一群孩子中东张西望的雨珠，冲着雨珠问："你爹呢？"

雨珠答："爹到镇上干活了，要天黑才到家。"

村民组长说："没在家，没在家你就来领。告诉你爹好好喂，这是种猪，是会下猪崽的，下了猪崽就可以卖钱了。"

雨珠拉着雨林上前去领小猪，站在村民组长旁边的一个镇干部看见他们，皱了一下眉头，不满地说："乱弹琴，两个小孩，怎么提得动？"

镇干部不让雨珠和雨林提装猪的笼子，回头吩咐站在旁边的一个年轻人："小张你帮他们送过去，要送到圈里帮他们放好关好再回来。"

猪到了雨珠家，被放进了空着的猪圈，空荡荡的猪圈一下子就有了生气。雨珠很喜欢这头猪，全身雪白没有一点杂毛，一从笼子里放出来就很快适应了圈里的生活。雨珠和雨林抱了一些以前用来喂牛剩下的稻草，铺到圈的一角，猪很快就跑到稻草上去休息了。

回到家的父亲看到圈里的小猪，责怪雨珠不懂事。雨珠委屈地说："不是我们硬要，是那些干部送来的。"

父亲不愿意养猪，去找组长，要把猪送给别人家去喂养。组长不同意，组长说："这是上头派下来的项目，家家都有份，没有哪家特殊，不养也得养。"

父亲说："我情况特殊，家里没女人，我还要出去打工找钱来供孩子上学，没时间养。"

组长说："你特殊，别的人家也好不到哪里去，好多人家都要出去打工，都不愿意养。你送回来，别的人家也送回来，家家都把猪送给我，我怎么办？"

父亲垂头丧气回到家，见父亲不高兴，雨珠和雨林也不敢说话。父亲闷着头抽了一会儿烟，对雨珠和雨林说："以后你们两个除了上学，还要去讨猪菜来喂猪，你们能做到不？"

雨林没有说话，雨珠说："我能做到。"

从那以后，喂猪的事就落到雨珠身上了。每天放学回到家，放下书包，雨珠要做的第一件事就是到地里去扯一背篓猪菜，背回家剁碎，放到大锅里熬煮，才开始做饭，边做饭边做作业。

猪在雨珠的精心照料下慢慢长大，雨珠也越来越喜欢这头猪了。雨珠根据猪耳朵上的编号称这头猪为"一六"，每次给猪喂食，雨珠就"一六，一六"地呼唤。时间一长，猪不光对雨珠产生了依赖感，还听懂了雨珠的叫唤。不喂食的时候，雨珠只要站到圈门边喊"一六"，猪就会颠颠地跑到她的跟前来。

一六原本是一头能养崽的母猪，来到雨珠家不久，父亲就偷偷找人把它骗了。待雨珠知道时，已经是猪被骗一个多月了。

一六越长越肥硕，越长越漂亮。镇畜牧站的人来给猪打针，发现一六被骗了，很生气，他们在村里没有找到雨珠的父亲，就说要把猪收回去，不让他们家养了。雨珠对猪有感情了，不想让他们把猪收走。晚上父亲回到家，雨珠把畜牧站的人说要把猪收回去的话转告了父亲，父亲说："让他们收走，收走我落得清静，我还不想养了呢。"

父亲的话让雨珠很失望，雨珠求父亲，希望父亲能去找畜牧站的人求情，让猪继续留在他们家养。父亲说："我才懒得去求他们，他们想收就收，我不管。"

父亲看到雨珠流出了眼泪，就帮雨珠抹了一把，用手摸着雨珠的头说："畜牧站的人一天到晚都在忙，哪里有时间来收猪。他们只是说说，吓唬吓唬你们小娃娃，不会真正来收的。你就放心喂吧，喂大了我们杀来过年。"

父亲的话虽让雨珠暂时吃了一颗定心丸，但接下来的日子雨珠都很不安。每天放学回到家，雨珠都要跑到圈边，看到一六好好地待在圈里，才去讨猪菜来煮猪食。

畜牧站的人再也没到雨珠家来过，到寨里来给那些母猪配种或治病，也不到雨珠家来看一六了，一六仿佛已经被他们忘记了。

学校放假前，父亲跟寨里几个人到都匀去修高铁站。临走前，父亲想把一六卖了再走，雨珠舍不得，却也不敢阻止父亲。父亲找了一些人来看，都嫌一六太小，不愿买，一六才没有被卖掉。

父亲修高铁站要很长时间，不能像以前那样回家来照顾雨珠和雨林了。父亲打电话给放假回家的雨珍，嘱咐雨珍下学期先把雨珠和雨林带到县城去上学，待他放假回家过年再把家里的东西搬去县城。本来父亲决定，待雨珠和雨林放寒假后再搬家，全家搬到县城去过年，那时一六也长大长肥，把一六宰杀了，做成腊肉带到新家去过年。没想到雨珠和雨林上学的村小学，因为生源少，下学期也将被撤并到镇上，雨珠和雨林他们这些在校生，下学期不得不跟着到镇上去上学。

这段时间，父亲的工地很忙，父亲请不了假，就叫雨珍赶快找人把一六卖了，卖不掉就送给人去养，只要过年杀年猪给他们家称几斤肉就行。

一六还是太小，没人愿买，想买的人出的钱也很少，还抵不上雨珠用来喂养一六的苞谷钱。

雨珍带上雨珠去找大奶奶。在纳料寨子，只有大奶奶和雨珠家最亲。大奶奶的丈夫是雨珠的大爷爷，大爷爷在很早以前就去世了，比雨珠的爷爷奶奶去世还早。七十八岁的大奶奶在听了雨珠两姊妹的来意后，愁眉苦脸地说："娃儿啊，不是大奶奶不帮你们，是大奶奶帮不了你们啊。

光是你两个伯伯家的两头猪，大奶奶就快养不过来了，再添你们家一头猪，大奶奶怕就活不成了。"

雨珍带着雨珠，又问了寨上几户与他们家有亲戚关系的人家，这些人家也都是只有老人在家，稍年轻点的都出去打工了。老人们都上了年纪，都是一些力不从心的人，都没办法领养雨珠家的猪。

三

听到雨珠的脚步声，一六跑到圈门边，用嘴拱着圈门，发出饥饿的叫声。雨珠推开圈门，一六的大鼻子就拱到了雨珠的裤腿上。雨珠用脚把一六推开，把猪食倒进猪食盆里。猪食刚倒进去，一六就低下头，吧嗒吧嗒地大吃起来。

雨珠站在猪食盆边，看着一六进食。一六很贪吃，无论雨珠往盆里倒多少猪食，它都有本事吃光。明明是刚刚吃过东西，听到雨珠的脚步声走过，一六都会使劲叫唤，发出讨吃的声音。

一六边吃边哼叽，一副很满足的样子。雨珠蹲下身子，用手去摸一六。一六的头埋在猪食盆里，身子偏开，躲开了雨珠的手。一六比刚来时大了若干倍，在雨珠的眼里已经是很大了，为什么那些来买猪的人说一六还不大呢？雨珠不明白，猪要长到多大才算大，是不是大猪都要长得像小牛犊一样大才算大。这样大的猪雨珠也见过，那是妈妈还在世的时候喂养的，那头大猪被拉来宰杀前连路都走不动，每天除了吃食就是躺在圈里睡大觉。雨珠不希望一六长那样子，那样子太肥胖太难看了。

见一六不领情，雨珠也就懒得摸它了。雨珠站在一边看着一六进食，看到一六进食的那种馋相，心里就有些不是滋味。雨珠在心里说："一六，你知道吗？过二十天我和弟弟就要跟着姐姐进城了，现在我们不得不把你卖掉。我舍不得卖你，但我没有办法。父亲到很远的地方做工去了，没办法管我们，村子里也没有学校供我们读书了，我们只能进城去读。只有卖了你，我们才能够离开。"

一六不知道雨珠在为它的事纠结，只管低头大快朵颐，偶尔也会抬起头，冲着雨珠哼哼两声，又赶快把头低下去吃食，仿佛像是谁在跟它争抢似的。雨珠想，一六要是知道它想什么就好了，知道她想什么或者能够听到她和姐姐议论卖它的话，它或许就会冲开圈门逃跑了，逃得远远的，自己到山上去找食吃。这样，雨珠也不会因为它将被卖掉而纠结了，也不会因为一六被人买去诛杀而痛苦了。

"雨珠，雨珠！"圈门外传来了雨珍的喊声。雨珠答应了一声，从圈里走出来。

雨珍已经坐到了门边的石凳上，在外玩够了的大黑不知什么时候回到家的，此刻正躺在雨珍旁边打盹。雨珠拎着猪食桶走过去，听到脚步声，大黑睁开眼睛，象征性地摇了摇尾巴，看了雨珠一眼，又闭上眼睛继续打盹。

"姐！"雨珠叫了一声。雨珍问："雨林还没回家？"

雨珠说："还没有，我去叫他回来。"

"算了。"雨珍说，"叫他来也没什么事，由着他玩，吃饭再去叫他。"停了一会儿，雨珍接着说："寨上的人家都不愿意买我们的猪，明天我到镇上去问，再没人买，我就请个杀猪匠来，帮我们把猪杀了，我们卖猪肉，卖不完的猪肉，带到城里去吃。"

一想到一六不是被卖掉，而是在自己眼皮底下被杀掉，雨珠就有些惊慌，有些不安。雨珠紧张地拉着自己的衣角，叫了一声"姐"。雨珍看着雨珠，以为她有什么事。叫一声"姐"后，雨珠还是拉着衣角不说话。雨珍等了一会儿，见雨珠不说话，不耐烦地问道："什么事吗？磨磨叽叽的，有事就赶快说，我要去做饭了。"

雨珠不敢看雨珍的脸，低着头，小声说："姐，我们不要杀一六好不好，我们把它卖掉，卖钱少点都行，它还太小，还没长大，我们不要杀它。"

雨珍说："你以为我想杀它啊，它那么小，又那么瘦，杀来也没有多少肉。没有人买它，也没有人养它，我们不杀它，留它做哪样，留它在家，我们去了县城，没有人来喂养它，饿也要把它饿死。"

说完这些话，雨珍沉默了，雨珠也不说话。大门边的两姊妹，一个坐着，一个站着，一个目光看着远方，一个紧紧拉着自己的衣角，目光盯着地上。

沉默了一会儿，雨珍站起来，向猪圈走去。雨珠迟疑了一下，也跟上雨珍的脚步向猪圈走去。一六还在食盆边觅食，食盆里的猪食已被它舔得干干净净。看到姐妹俩，一六对着她们叫唤起来。雨珍骂了一句："真是喂不饱的猪。"

雨珍叫雨珠再去添一点猪食，让一六吃饱。雨珠走出去，一六叫唤得更欢了，并且还走上前用大鼻子拱雨珍的腿。雨珍用手去摸一六的脊柱，一六很快躲开了。雨珍感觉到，一六的脊柱上没多少肉，一六只是长了个子，还没有长膘，难怪买猪的人都不愿意买它，这样的猪，杀来也没多少肉可卖。

雨珍其实有些茫然，父亲把处理一六这个事情交给她，她觉得太大了。原以为一头猪，找个人来估价，上秤一称，算出价钱，把钱一付人家就把猪拉走了，想不到还这么复杂。首先是猪太小太瘦没有人愿意购买，白送给人去养，也没有人愿意。雨珍没有想到要杀一六，刚才她在村子里碰到一个爷爷，爷爷听了她这段时间卖猪的遭遇后，就建议她，既然卖不掉活猪，就将猪杀来卖肉，卖多少算多少，卖不完的肉她们姐妹还可以带进城吃。

雨珠拎来小半桶猪食，倒进盆里，一六马上又大快朵颐起来。

雨珍和雨珠走出猪圈，雨珍吩咐雨珠把圈门关好。雨珠在关猪圈门时，突然冒出这样一个念头："要是我不把圈门锁上，一六会不会逃跑出去呢？一六跑掉，就不会被杀了。"

雨珠看了一眼雨珍，见雨珍没有注意她，急忙把圈门拉上，故意没锁圈门，就跟在雨珍身后往家走去。

睡足了的大黑来到雨珍雨珠姐妹身边，围着她们殷勤地摇着尾巴。雨珠叫了一声"姐"，雨珍问有什么事。雨珠说："姐，不要卖大黑，留大黑帮我们看家。我跟大奶奶讲过了，我们走后，大黑就到大奶奶家去吃饭。"

雨珍问："大奶奶答应了吗？"雨珠说答应了。

雨珍停下脚步，看了一眼跑向远处的大黑，说："这样最好了，要真卖掉大黑，我也舍不得。"

雨珠放下猪食桶，过来帮雨珍做饭。见雨珍已把米淘洗好放进电饭锅，雨珠就去抱菜择。给电饭锅通上电，雨珍过来对雨珠说："去把雨林找来家，不要让他又在红胜哥家混饭吃。"

四

第二天一早，雨珍和雨林还没有起床，雨珠就早早来到猪圈边，看一六是不是还在圈里，是不是拱开昨夜没有上锁的门逃了出去。还没有走到圈边，雨珠就听到了一六的哼哼声。一六没跑掉，一六还在圈里，雨珠紧张的心放了下来，突然间又感到了失落。

雨珠来到圈门边，看到猪圈门是上锁的。她仔细回忆了一下，明明昨天自己没有上锁，怎么现在门又是锁着的呢？雨珠突然明白了，门肯定是雨珍锁的，睡觉前雨珍出门看过，看到猪圈门没锁，就锁上了。雨珍没有责备雨珠，她不会怀疑是雨珠故意不锁猪圈门，而认为是雨珠不小心疏忽，就把门给锁上了。

雨珠垂头丧气回到院子，一大早就出去疯玩的大黑，拖着沾满露水的身子也刚回到院子。看到雨珠，大黑欢喜地冲过来，抬起湿漉漉的前脚，就想往雨珠的身上搭。雨珠急忙躲开，边用手推着大黑边呵斥道："走开，不要来烦我！"

大黑觉得有些无趣，它走到一边坐下，用前脚去整理被露水浇湿的毛发，时不时抬头，不甘心地看着雨珠，希望雨珠能够允许它跟她一起玩耍。

雨珍也起床了，雨珍看到雨珠在院子里发呆，就对她说："昨天我叫你关圈门，你忙什么去了，猪圈门也不上锁。幸好天黑前我再去看了一遍，不然猪早就跑出去了。"

雨珠不敢看雨珍，受到雨珍的指责也不敢回嘴。雨珠在心里说："我就是故意不锁圈门，我就是想让一六跑出去，一六跑出去后你就不能叫人来杀它了。"

雨珍无法看到雨珠的心理活动。她走往水龙头边去洗漱，走到水龙头边，看到雨珠还站在院子里发呆，就对她吼道："还傻站在那里干什么？去叫雨林起床，起床煮早餐吃，吃好早餐我还得到镇上去找人。今天再找不到人来买猪，我就直接请人来把它杀了。"

吃好早餐，雨珠一边给一六煮食，一边收拾碗筷。雨林在院子里和大黑玩耍，他一会儿让大黑在地上翻滚，一会儿又提着大黑的两只前腿，让大黑做人状站立。

雨珍发动摩托车，刚骑出院子，趁雨林不注意，大黑从地上爬起来，跟在雨珍摩托车后，一溜烟向前跑去。

雨珍一走，雨珠做事就有些恍惚。她不知道这次雨珍能不能找到人来把一六买走，要是像她说的那样，还找不到人，没有长大的一六这次就死定了。

猪食晚了一会儿，一六就受不了了，它在圈里不停地走动，大声地叫唤，一声比一声高亢，一声比一声凄怆，仿佛像是被饿了很长时间。

雨珠打开圈门，把猪食提进猪圈，看到猪食的一六叫唤得更厉害。

雨珠把猪食倒进食盆，一六大口大口地咀嚼、吞咽起来。雨珠看到一六这么没心没肺，全然不知大祸将要临头，气就不打一处来。雨珠用手上的食瓢打在一六的屁股上，一六只是身体转了一个方向，头都不抬，继续吃食。雨珠生气地说："吃，吃，一天就只知道吃，一点心眼也没有。昨天不锁门，明明就是想让你逃出去，让你自己去找活路。现在好了，被雨珍知道了，你想跑也跑不成了。今天要是再没有人来买你，你就等着挨刀子吧。"

不管雨珠说什么，一六还是只知埋头吃它的食。一六吃得心满意足，一边吃一边发出惬意的哼叽声。雨珠眼神复杂地看了一眼埋头吃食的一六，叹了一口气，拎着猪食桶走出了猪圈。

关上猪圈门，在门边犹豫了许久，雨珠还是把圈门锁上了。

把猪食桶放进家，雨珠坐到了门槛上。大黑在院子里伸了一个懒腰，也走到雨珠身边，看了一眼雨珠，一屁股坐在雨珠身边的地上，将头蹭在雨珠裤腿上。

雨珠伸出手，爱怜地摸着大黑的头，喃喃地说："大黑，我们走后，你要听大奶奶的话，好好看家，不要到处撒野。要不然，你也会像一六一样，被卖给别人去炖狗肉汤锅。"

不知道大黑是不是听懂了雨珠说的话，它仰脸看着雨珠。

田坝中间的那条小路上，行走着一个孤单的身影。大黑发现后，伸长脖子叫了两声，叫完回头看向雨珠，见雨珠没什么反应。大黑也就懒得站起身子，只是转过头，懒散地盯着那个身影又叫了两声，目送着身影没入远处山脚。

一群蚂蚁搬运幼卵从远处爬过来，爬到雨珠脚边，被雨珠的脚挡住了去路。领头的蚂蚁用触须试探了一会儿，绕过雨珠的脚，带着搬运幼卵的队伍，继续绕过大黑向前走去。

# 向　往

　　纳料小学来新老师了，是支教老师，大学刚毕业，到纳料小学来支教三个月。虽然只是支教，但也给纳料小学的学生们带来了一股新鲜感。

　　在纳料小学教书的老师，都是一些家在纳料或纳料附近的当地人，好几个都年龄偏大，都是雨林他们这些学生的爷爷辈了。好些老师都是教了他们的爸爸妈妈，现在又来教雨林他们。用老校长石道军的话说："纳料的这些老师，除了两个新来的晚辈，剩下的就全部是老师爷。外面再没有老师来，等这些老师爷退休，这个学校就办不成了。"

　　这些年，虽也有外地老师到纳料小学来，都是走马灯似的换，来不久又走，走了又来，最长的只待过一年。能够待下来的，都是家在本地住的，而且都没有来过女教师。

　　雨树叫雨林、雨田和他一道去学校，去看看女老师来了没有。他们来到学校门口，看到学校大铁门还是锁着的，正要转身离开，看到了从不远处走来的石道军校长。雨田冲雨树、雨林做了一个鬼脸，三人急忙沿着另外一条路跑开了。跑了一段，看到校长没有发现他们，他们才停下来。雨树问雨田："你说，新老师上不上我们的课？"

　　雨田想了一下说："肯定上，我们是六年级，是毕业班。新老师肯定比我们那些老师有水平，有水平的老师应该先紧着我们班。"

　　雨林说："新老师要是上我们班的课就好了，最好能上语文课，能换刘老师。他一天到晚老是叫我们背书背书，上课我又听不懂，光背书有什么用。书背不下来，考试老是考不好。期中考试要不是因为语文考得差，我爹就带我到县城去看我姐了。"

雨树说："是啊，要是我的语文也像数学一样好，我爹早就给我买手机了。"雨树虽然没有责怪语文老师，言外之意，也是流露出了对语文老师的不满。

说到学习，雨田就沉默了。在他们三人中，雨田的成绩是最差的，语文成绩更是差得一塌糊涂，语文成绩常常在班上垫底。之前雨田以为是自己没学好，现在听到雨林、雨树说语文成绩不好，是因为刘老师教不好。他觉得自己语文学不好，也应该是刘老师的过错，但是他没有把话说出来。

星期一，雨林早早就赶到了学校，跑进教室一看，雨田、雨树、雨石他们都比他先赶到了教室，好多同学也都到了。以前这个时间段，教室里还是空空荡荡的，除了值日生，几乎还没有同学走进教室。现在教室突然坐满了人，值日生打扫教室都要一个个喊大家让一让。

集合升旗站队时，雨林看到了新老师。新老师不是一个，而是三个，一个男老师两个女老师。都还很年轻，他们站在其他老师旁边，同大家一道向国旗敬礼。向国旗行注目礼时，雨林老是集中不了精神，目光时不时地在那几个新老师身上瞟来瞟去。

新来的老师真精神。平时升旗，看到站在旗杆下的老师，雨林都感觉他们有股说不出的精神劲儿。但今天与那几个新来的老师一比，雨林觉得学校原来的那几个老师就差多了，就不怎么样了。新来那两个女老师，长得像电视上的明星一样，怎么看怎么漂亮。雨林想，要是那两个女老师能够给他们班上课，他一定会好好学习，一定不会上课打瞌睡，还会保证能够回答老师提的问题。

升旗结束，照例是校长石道军讲话。石道军校长先介绍了三个新来的老师，说他们是从大城市来的，是刚刚大学毕业的，是到纳料小学来支教的，支教三个月。听到校长说三个新来的老师，只在纳料小学待三个月，大家都很失望。站在雨林身后的雨田，伸手捅了捅雨林，雨林转过身，他悄悄对雨林说："才三个月，太没意思了。"

新老师才在学校待三个月，雨林也觉得没意思。雨田说完，雨林没有说话，他把头转过去，继续盯着新老师看。石道军校长还在讲话，讲得真啰唆。旗杆下的老师们，都很有耐心地站着，操场上的同学们开始不耐烦，队列里不断传出议论的嗡嗡声。开始还只是一小阵，后来嗡嗡声就大了，校长再讲什么就听不清楚了。校长是什么时候喊解散的，雨林没有听到，雨林是看到大家都离开了，才跟着大家离开。

新来的老师中，有一个女老师到雨林他们班上课，但不是上的语文或数学这两个主科，而是上的自然课。雨林他们的自然课，一直没有专门的老师上，经常是这个老师带几周，另一个老师又来带几周。老师走马灯似的换来换去，教的方法也不一样，雨林他们也没有学到什么东西。好在自然不是主科，考试时老师也叫大家翻书抄，大家也就没有把自然课放在心上。

新来的女老师第一天给雨林他们上课，就让大家耳目一新。除了讲解书本上的知识，女老师还带来了很多照片。上课时，女老师把照片拿到手上，一张一张给大家讲解照片上的内容。那一节课，老师主要根据照片，向大家讲解了地球是怎么形成的，大陆和海洋是怎么形成的，气候是怎么影响人类的，季节又是怎样来划分春夏秋冬的。那一节课，全班同学都听得很认真，是雨林他们班有史以来纪律最好的一节课。下课时，大家还意犹未尽，都还围着女老师，希望她继续再讲下去。下课后，雨林和雨田雨树交流，都觉得自然课很有意思，很长知识。雨树说："要是以前我晓得自然课这么有意思，我就不会在自然课上打瞌睡了。"

第二节自然课，女老师跟大家讲到了五百米口径大射电望远镜。女老师说："大射电望远镜也称 FAST，FAST 拥有先进的接收器，是记录脉冲星、暗物质、探测引力波，监听外星文明的利器。FAST 所在的地方——大窝凼，原来是一个很闭塞的地方，FAST落地后，大窝凼摇身一变，成为中国乃至世界天文科学重要观测点的神圣宝地。有机会大家一定要去那里看，看看科学家们是怎样把一个原先很闭塞，很贫穷落后的地方，建设成为世界一流科学宝地的，还可以在那里接受天文科普知识教育。"

听完女老师的话，雨林突然萌生出要到大窝凼去看大射电望远镜的念头，他不光要去看大射电望远镜，还要通过望远镜去看外星人。雨林最想看的就是外星人。

大射电望远镜建成运行，坐落在边远大山区的纳料，也感受到了这件大事带来的兴奋。最近一段时间，不光老师上课讲大射电望远镜，就连村子里大人们摆闲谈，也在谈论大射电望远镜，议论大射电望远镜，大射电望远镜一下子成了纳料最热门的话题。所有的大人和小孩，仿佛一下子就都被大射电望远镜给迷住了。

为了让大家更多了解大射电望远镜，纳料小学从县科技局请来一位老师，专门跟学生讲大望远镜。科技局的老师来讲课那天，大家都很兴奋、激动，这种兴奋、激动，也传染给了一些没有外出去干活的家长。讲课是在一间大教室里进行，平时，所有纳料小学的学生都坐不满这间教室。但那天来了一些家长，就把整个大教室挤得满满当当的了。老师不光讲解，还用带来的电脑放出了大望远镜的图片，看到图片，包括雨林在内的很多人，都认为那是一口"大天锅"，是家家户户房顶上安放来看电视的"天锅"放大版。

老师播放大窝凼原来的图片，没想到大窝凼条件这么差，比纳料还差，几栋孤零零的房子，分散在一个圆形的山窝里，四周全是高耸入云的大山，一条像样点的路都没有。老师说："别看大窝凼条件不好，却是一个不可多得的科学宝地，是最适合建设大望远镜的地方。"

老师指着图片对大家说："这个像'锅'一样的东西是大射电望远镜

的天线，也就是大射电望远镜的反射面板。这个反射面板要有一个大坑才放得下。大家看这个大窝凼，刚好就是一个大坑，也刚好直径 500 米，放这个反射面板正合适。有了现在的大窝凼，建设大射电望远镜的挖掘成本就能降至最低，大窝凼四周的山还能为这个'锅'提供天然支撑。环形封闭的山窝地形，自然形成一道天然的屏蔽防护，减少无线电干扰。再加上这地方处于热带低纬度的位置，大射电望远镜建在这里，可以直接观测到正上方黄道面上的物体，快捷地捕捉到行星和小行星射电源。"

老师还告诉大家，大望远镜之所以称为"天眼"，是因为它能观测到外星空，能根据球面射电的原理穿透遥远的银河系，反射到别的星球上，接收来自别的星球的信息。

通过老师的讲解，雨林慢慢明白了这个大望远镜的原理。原来这个大望远镜之所以称为大射电望远镜，并不是像学校实验室的望远镜，是用眼睛去看，而是通过反射面——即大家认为的"天锅"，发出的射电波脉冲反射回来的信号进行观测。

尽管似懂非懂，但老师的描绘，还是让所有听课的人都兴奋不已，那些坐在教室后排的家长也满面红光，仿佛大射电望远镜不是建在大窝凼，而是建在纳料。老师还在继续讲解，而大家都已经坐不住了，大家憧憬着这个大望远镜，向往着诞生这个大望远镜的大窝凼，纷纷议论着他们的猜测和向往。嗡嗡的议论声中，雨林的心也早已飞出教室，飞向了一个他并不知道的全新的梦境。

讲课结束后老师叫大家提问，并叫大家尽管问，只要是他知道的，一定解答到大家明白为止。

有人举手问老师："老师，刚才我们在图像里没有看到望远镜，只看到这口'锅'，这口'锅'可以用来煮东西吗？"

问话的人还没有坐下，整个教室就发出了一阵哄笑声。

老师也笑着说："这位同学，你想多了，是不是想吃东西了……"老师话没说完，教室里的笑声响更热烈。老师接着说："那不是'锅'，刚才我说了，那是大射电的球面反射镜——也就是天线，是大射电望远镜的重要组成部分。射电望远镜没有镜筒，也没有物镜、目镜，构件是接收天线、馈源、终端系统等，目标是获取波长为 1 毫米到 30 米的无线电波终端。终端设备把接收到的信号记录下来，按照特定的方式进行处理，显示出清晰的图像。"

有人问道："老师，那个'锅'——哦，也就是您说的天线是一整块吗？要是整块的话，这么大的天线是怎么立起来的？"

老师说："不是整块，是用一块块反射面板拼装起来的。拼装成现在这个样子，整整用去了 4450 块反射面板。4450 块反射面板有三角形、四边形等多种类，结构很复杂，部件极精细。"

有人问道："老师，那个'锅'很大很大吗？您能跟我们说说它到底有多大？"

老师说："直径 500 米。"

看到大家还不甚明白，老师有些着急。老师看了一眼窗外，正好看到远处若隐若现的更苕坡，老师就对大家说：

"反正很大，大到把远处那个大坡装进去恐怕都还装不满。"

"噢！"听了老师的话，不光学生，就连那些家长，都不约而同发出了由衷的赞叹。远处那是什么坡，是更苕坡，是纳料周围几十公里最大的坡。连更苕坡都装得下，那得是一口多大的锅啊！

更苕坡是纳料周围最大最高的山，比老鹰岩都还要高好几倍。雨田、雨林、雨石、雨兵、雨滴等，都曾去爬过，爬了一早上，没有爬到最高的山顶。他们也曾沿着坡脚的公路走，想绕到坡的另一面去。他们在公路上绕来绕去，走了差不多一天，也没走到更苕坡的另一面。

雨林确实被大射电望远镜迷住了，他无法想象出那像"锅"的天线到底有多大。雨林觉得那么大一口锅应该不是锅，是"海"了。更苕坡背面有一个大洼地，看不到边，洼地中间有一口大水塘，下大雨水塘涨水，水蓄满洼地，洼地就变成了一望无际的"海"。一次，爸爸和寨上的几个叔伯，去那个大"海"捕鱼，放假在家的雨林也跟着去。他们绕着更苔坡走了一整天，天黑才走到"海"边上。

大家闹哄哄提问过后，雨树好不容易逮到了提问的机会。雨树问老师："老师，刚才我们看到'锅'边立有好多柱子，柱子上绑着一些绳子吊着一个东西，在'锅'里动来动去的，那是什么东西？"

也许雨树提的问题是大家都想知道的，雨树提问时大家都不说话，都用清澈的眼睛紧盯着老师，期待老师的回答。

老师先是看了一眼雨树，然后把图像倒放到雨树问到的那个画面，用手指着画面对大家说："大家看好，这个由绳子牵引着在'锅'里动来动去的东西叫'馈源舱'。我跟大家打个比方吧，如果把这个'锅'比喻为大射电'眼窝'的话，那么这个馈源舱就是大射电滴溜溜转的'眼珠'，这颗'眼珠'也不小，有300米口径。我再跟大家打个比方，好比大射电是一只'巨眼'，'锅'——即天线就是它的'眼球'，直径500米，馈源舱就是'眼珠'，口径300米。馈源舱就是'巨眼'的'瞳孔'，牵引馈源舱动来动去的绳子就是保证'瞳孔'转动的'肌肉和神经'。"

讲完老师问大家明白了没有，大家都说"明白了"。雨林虽然似懂非懂，但也跟着大家说"明白了"。

在乱纷纷的提问中，雨林抓住机会提了一个问题："老师，我们能通过这个望远镜看到外星人吗？外星人能让我们做他们的朋友吗？"

老师怔了一下，说："这个同学的问题问得好。这个大望远镜虽然被称为'天眼'，但并不是通过观看来发现宇宙，而是通过感受、搜寻、捕捉宇宙中放射性辐射的无线电波。这些无线电波与散布在天宇中的可见光波，以及具有放射性辐射特性的 X 射线、γ 射线、红外线、紫外线等，共同组成电磁波大家族。但除了可见光波外，其他的电磁波，人们的肉眼既看不见，更听不到它们发出的声响，但它们就混杂在包裹我们的宇宙空气里。我们无法感受到它们的存在，但是大射电望远镜能感受得到。大射电望远镜不光能够感受到我们身边的这些电磁波，还能够感受到遥远天际其他星球的电磁波，并通过电磁波搜集信息，反馈信息，开展科研活动。我可以负责任地告诉大家，从建成运行到现在，'天眼'已侦'听'到了1.6万光年外的声音，'看'到了离地球如此遥远的脉冲星。"

最后老师说："同学们，我知道大家与刚才提问的这位同学有着一样的心情，都渴望看到外星人，更渴望跟外星人交朋友。我告诉大家，只要你们努力学习，把学习搞上去，让自己知识丰富，就一定能有机会见到外星人，并和外星人交上朋友。"

纳料只有一条路通往山外，这条路以前是小路，前几年修成了公路，后来又铺上水泥，这路就比以前好走多了。这条通往山外的公路，雨林没有走出去过，雨林的伙伴们也没有走出去过。雨林的姐姐雨珍，也是到上中学，才由爸爸用摩托车带上这条出山路，带到县城去上中学。后来雨珍自己学会骑摩托车了，爸爸就把摩托车交给她，由她自己骑去县城，周末再骑回家。

大窝凼在什么地方谁也不知道，雨林只知道有大窝凼这个地名。老师说大窝凼在玉水县城西边，距纳料很远。县科技局老师在纳料的讲课，点燃了雨林的向往，使雨林更加迫切想去大窝凼，更加迫切想见到大射电望远镜。

雨林不想再等爸爸带他去大窝凼，爸爸太忙，已经好久都不归家了。爸爸他们要帮好几个村子铺水泥路，要铺好久好久才成。雨林想约上几个伙伴，结伴去大窝凼看大射电望远镜。雨林甚至想，最好大家都骑着牛去，这样既不耽误放牛，也可以看到望远镜。雨林把玩得好的小伙伴在心中排了一遍，认为最能跟他去大窝凼看大射电望远镜的，应该是雨树。雨树的父母在外边工厂做工，一年难得回家一次，雨树虽有奶奶管着，却相当自由。雨林就去找雨树，对雨树说："雨树，你想不想去大窝凼看大射电望远镜？只要你想去，我们就一起去。"

雨树说："我没有路费，这么远，奶奶也不会把路费给我。等过年我爹妈回家，得了压岁钱，再叫上雨田哥、雨石、雨滴，我们一起结伴去。"

雨林说："过年才去看时间太久了，那时说不定就不准去看了。没有路费我们可以走路去，我们俩做伴走路也不害怕。我们带上干粮，带上水，顺着公路走，两天时间肯定能走到。我们悄悄去，等大人晓得，我们已经转回家了。"

雨树说："我不敢，路那么远那么难走，只有我们两个去，怕是还没有走到大窝凼就迷路了。"

雨树明显表现出不愿去，雨林很失望。雨林又找到雨石，问雨石愿不愿意与他结伴去大窝凼看大射电望远镜。雨石犹豫了好久，说："我爹肯定不会让我去，那么远，他不放心。"

雨林说："不跟大人讲，我们悄悄去，等他们晓得，我们已经到了，他们就找不到我们了。"

雨石摇了摇头说："我不敢，悄悄去，让我爹晓得，回来家他肯定要收拾我，不让我吃饭。"

雨石让雨林更加失望。雨林又去找了雨田和雨滴，向他们问了同样的问题，并问他们愿不愿跟他去，他们都说想去，但不敢私自去，得有大人带着才能去。

越没有人想去，雨林就越想去。别的小伙伴不愿意跟雨林去，雨林就把自己的想法跟小三岁的弟弟雨点说了，雨林希望雨点能陪他去一趟大窝凼。雨点说："大窝凼那么远，我害怕，不敢去，爹也不会让我们去。"

雨林说："有我在你怕哪样，我可以保护你。我们把大水牯也牵去，大水牯可以保护我们。你走不动路，大水牯还可以背你。"

雨点还是没有答应陪伴雨林去，雨林有些生气，雨林对雨点说："好，你不陪我去，以后也不要跟着我，你被别人欺负我也不管。"

雨林的话让雨点不高兴，雨点把雨林想去大窝凼看大射电望远镜的想法，告诉了周末回家的雨珍。雨珍找到雨林，揪着雨林的耳朵训斥雨林。雨珍说："我看你能耐了，不好好读书，尽想些歪七斜八的事。大窝凼那么远，你能去得了吗？老老实实放牛去，再让我听到你那些乱七八糟的想法，我就告诉爹，看他会不会打断你的腿。"

爸爸不在家，雨珍只在家待一晚就回了学校，她和爸爸没有见上面。雨林还是很担心，雨珍在爸爸面前告上一状，爸爸即使不打雨林，也会把雨林恶训一顿。平时雨珍跟爸爸告雨林的状，哪怕雨林占理，爸爸都要训斥雨林，都认为是雨林的错。在这个家，雨林既恨这个姐姐也怕这个姐姐，一点儿都不敢得罪她。

雨林希望这个学期赶快结束，雨林更希望自己期末考试得高分，然后让爸爸兑现当初的诺言，带他到大窝凼去看神奇的大射电望远镜。

# 抓　鱼

　　刘国虎做了一个梦，梦中他正在苗拉河里电鱼，村支书刘国礼赶来，没收了他的电鱼工具，还把他绑去关进了班房……醒来后刘国虎愣怔了好久。

　　家住苗拉河畔的刘国虎，农闲之余划着一张小船，游弋在苗拉河上，下网打鱼，自饱口福、拿到市场上去换些零用钱，生活悠闲自在。可是，自从刘国礼管上这条河后，刘国虎的生活就不自在了。下网打鱼，网眼大小刘国礼要管，用电鱼机打鱼刘国礼要管，就是在什么时候打鱼刘国礼也要管。处处制约刘国虎，给刘国虎找不自在。当然，刘国礼不光是跟刘国虎找不自在，也给更多在苗拉河上打鱼的人找不自在。

　　因为有了刘国礼的管理，这两年，苗拉河里的鱼渐渐多了起来。因为打鱼，刘国礼和刘国虎扛上了。刘国虎因为用来打鱼的网眼太小，网被刘国礼没收了。刘国虎在春天鱼繁殖的季节打鱼，被刘国礼碰上，所获的鱼被没收后放回了河里，还被派出所罚了一笔款。最让刘国虎生恨意的是第一次用电鱼机电鱼，鱼还没有电到，电鱼机就被刘国礼没收了。刘国虎还被叫到派出所，挨了一顿训斥。刘国虎明白，这些都是他这个堂哥刘国礼从中作梗，要不是他，派出所也不会因为打鱼把事找到他的头上。

　　刘国虎放出话，刘国礼不让他好过，他也决不让刘国礼好过——哪天刘国礼把他惹毛了，他就要让刘国礼死无葬身之地。

　　还没有等到刘国虎让刘国礼死无葬身之地，苗拉河就出事了。

"鱼成瘟了！"

一大早，菊香惊慌地推醒了还在床上贪睡的刘国虎，刘国虎翻了个身，打了一个长长的哈欠，才睁开蒙眬的睡眼。菊香一把将他从床上拉起来，慌乱地说："鱼成瘟了，河坎边，水里头，到处都是死鱼，大的、小的，满河白花花一片。"

刘国虎推开菊香的手，不满地嘟哝道："一大早就讲疯话，也不让人睡个好觉。我看你才瘟了呢！"

菊香顾不上同刘国虎争辩，把他从床上拖起来，帮他找来衣服，紧张地对他说："我不同你讲了，快点穿衣裳，去河边看你就晓得了。"

见菊香不像开玩笑的样子，刘国虎手忙脚乱套上衣服，跟着菊香往河边跑去。

天亮明了，河里发现成群死鱼的怪现象一下子就惊动了整个村子。村子通往河边的小路上，三个一群五个一伙的男男女女老老少少，都像刘国虎两口子一样，急急慌慌赶往河边。

人群都聚集在河岸上指点着，议论着，从岸上往水中看，水面上到处都是死鱼，特别是靠近岸边的浅水滩，死鱼堆聚得更多。

人群都恐慌起来。大家都不知道那么多的死鱼带来的是福还是祸，站在河边观看的每一个人脸上都写满了忧郁。大人们议论的语言里满含着恐慌和不安，孩子们紧紧依偎在大人身边，抓住大人的衣服不放。刘国虎一到河边就大声嚷嚷："这日怪了，平时这些鱼找都找不着，今日倒送上门来了。该我们有口福，不下去捡还等哪样，未必还要等鱼自己送上锅来？"刘国虎一边说，一边扔掉鞋子跳入水中。

村支书刘国礼赶到时，河中已经乱成了一锅粥。有拿桶装的，拿盆装的，还有拿衣服包裹的，将那些能捡到的死鱼一趟一趟往岸边送。河里捡鱼的人更滑稽，手上抓着鱼，胳肢窝夹着鱼，嘴里还含着鱼。刘国礼大声制止那些下河捡鱼的人，有几个人停了下来，但大多数人仍在疯抢着水里的死鱼。刘国礼下到水中，抓住抢得最凶的刘国虎，扯出他含在嘴里的一条大鱼，把刘国虎从水里往岸上拖。刘国虎蹲在水中舍不得挪步，他指着水中的死鱼说："国礼哥，你也看到了，这是死鱼，是龙王爷给我们送来的下酒菜，难道捞几条死鱼都要向你请示吗？"

刘国礼气得大声吼道："刘国虎，你知道这些鱼是怎么死的吗？还没搞清楚就捡回家去吃，你不怕要了你的命！"

刘国礼告诉大家，这些死鱼不能随便乱捡，万一是有人故意投毒，吃下去就会害人。刘国礼的一番话把大家说得变了脸色。那些把死鱼含在嘴里的人急忙把鱼吐出来，把拿在手上的鱼扔进了水里，脚上像踩了炸药一样，急忙飞快地爬上河岸。还有一些正准备想下河去捡鱼的人，也急忙收住了伸进水中的脚步。

刘国礼把村委会的人叫到前边，把靠近水边的人都往后劝。他吩咐村主任刘国军带人在河边守住，制止大家下河捡鱼。

听完刘国礼的电话汇报，大田乡党委书记李志民和乡长吴清政也觉得事态很严重，他们一面向县里汇报，一面立即带人驱车往苗拉赶去。

上午九点，李志民率领乡政府、卫生院和派出所一行十多人赶到苗拉。苗拉寨子静悄悄的，人们全都涌向了河边。见李志民一行到来，看热闹的人都自动闪到一边，给他们腾出了一大块空地。

死鱼堆聚最多的是苗拉寨脚，位于拉干河与苗拉河交汇的地方。拉干河是苗拉河的支流，河虽不大却长年水流不断。拉干河两岸，长满了一簇一簇高大碧绿的翠竹，翠竹根下的水面以往是鱼群栖息觅食的好地方，现如今这里却成了它们的葬身之地。特别是两河的汇水处，鱼更多更拥挤，不管是大的小的、将死的和已经死了的，都相互拥挤着，睁着暗淡无神的眼珠，惊恐地注视着这个给鱼类家族带来毁灭的世界。

乡里来的人一到就开展工作。派出所和卫生院的人先下到河里取水化验，翻看死鱼，然后又分别沿着拉干河和苗拉河进行巡查，最后又聚到一起交换了意见。

听完刘国礼的简单汇报，李志民说："派出所的同志在现场维持秩序，其他同志都分头去做群众工作，先把围观的群众劝开，等县里的人到了才好开展工作。"

经劝说，在河边站着看了一大早上的人们，仿佛才记起应该回家去做自己的事。丈夫喊妻子，大人唤小孩，一部分人陆续往寨中走去。一部分还不想离去的男人，则自动帮助派出所的人维持秩序。许多想留在河边看热闹的孩子，在经历了短暂的惊慌场面后，见大人不在身边，又放肆地无忧无虑地喧闹玩耍起来。

拉干河的水仍在潺潺流着，在这炎热的季节里，水的速度再快，也无法冲淡那些死鱼所发出的腥臭味。那些较早死去的鱼，肚子已经呈现出腐烂状。刘国礼组织苗拉的村干部及部分村民，下到水中，忍着难闻的腥臭味，把鱼从水中捞出，把已经腐烂和没有腐烂的鱼分开，分别堆到浅水边的沙滩上。

中午，县公安局、县防疫站的人也赶到了，来不及休息，大家立即投入了紧张的工作。

一个多小时后，死鱼的检验结果出来了。带队的县政法委书记陶仲松临时组织大家召开碰头会，会上，法医王兴国把几条已经解剖了的死鱼摆在沙滩上，指着死鱼对大家说："从解剖结果来看，死鱼的肠胃没有出现中毒症状，但鱼鳃全部呈紫黑色，初步判断造成这些鱼死亡的东西不是饵料类，应该是水源污染使鱼群窒息死亡。"

王兴国刚说完，县防疫站卢伸科站长补充道："我们分别对苗拉河和拉干河的水进行抽样化验，化验结果发现，苗拉河的水沉淀物多，碱含量大大超过了饮用水的含量标准，沉淀物含量增大破坏了鱼类的生存环境。这应该是造成鱼群窒息死亡的最终原因。"

谈到苗拉河的水碱含量增大的现象，卢伸科站长首先排除了人为投毒的可能性。他认为这么大一条河，而且又是流动的水，要投毒的话，没有上万公斤的碱是不可能污染河流，甚至殃及鱼群生命的，造成苗拉河碱含量增大就只有一种解释了。最后他回头看了看正在远处眼巴巴看着他们的群众，又看了看在场的每一个人，压低声音说："只有一种可能，涌进苗拉河的沉淀物和毒碱，是上游的某个企业排放的污水造成的。"

陶仲松怀疑地问卢伸科："既然是污染造成，为什么以前没有出现这种情况？"

卢伸科继续压低声音说："这种情况以前没有出现过，是因为企业以前排放的污水少，污水从上游流下来，到苗拉河后就基本上被稀释了。现在上游工业园区内企业增多，企业污水集中排放，无形中就增大了河水的污染面，加快了污染进程。"

陶仲松若有所思，他深思了一会儿，要卢伸科解释，死鱼为什么会聚集在两股水流交汇处，卢伸科说："可以这么解释，污水流来的时候，鱼群就拼命往下游。有些抵抗力差的，沿途就已经死了，而那些挣扎游到这里的鱼群，遇到拉干河流来的清水后，就拼命逆水往拉干河游。鱼群游到两条河的交汇处，仍旧没能挣脱厄运的束缚，所以这里才堆聚了这么多死鱼。"

王兴国和卢伸科汇报完，大家都眼睁睁看着陶仲松，等着他发话。陶仲松却坐在那里，盯着河水，盯着那些堆在河水中的死鱼，迟迟没有把话说出来。面对着这条掩映在翠竹林中的河流，面对着被污染的水质和腥臭的河水，面对着那些腐烂腥臭的一堆堆死鱼，作为一个在现场目睹这种惨状的县领导，陶仲松心中那难言的滋味是无法向在场的人诉说的。作为国家扶贫重点县，玉水县的经济十分落后，全县近三十万人口，百分之三十以上都是靠种地吃饭的农民。而这么多的农业人口中，百分之九十以上的人生活仍处在贫困线下，温饱问题没有得到解决。去年，县委、县政府决定充分利用县内林多竹多的资源条件，开办造纸工业，并通过招商引资，引进了一个大型纸浆厂。在这个厂开工之前，一些有识之士曾提到了污水处理和环境保护的问题，县里也专门请有关专家做了论证，但由于资金不到位，污水处理问题迟迟得不到解决。为此，县委、县政府专门召开了一次专题会议，并且就在那次会上作出了"先点火生产，排污问题待有了钱后再解决"的决定。然而投产还不到一个月，就出现了这么严重的后果。

陶仲松把目光从远处收回来，扫了在场的每个人一眼，低沉地说："水资源污染造成鱼群大面积死亡，这个结果暂时不要向外公布，等我回去向县委汇报后再下结论。"

来时鸣着警笛的警车，走时都关上了喇叭，县里和乡里来的每一个人，都心情沉重地踏上了归程。太阳火辣辣地烘烤着这片土地，山坡上，竹林中，无忧无虑的鸟儿躲在密林的阴凉处，时不时鸟鸣啁啾一两声，点缀着山野的宁静。几只躺在屋檐下打盹的狗在被车队惊醒后，紧追在卷起尘土的车队后面狂吠不止，直到车队走远后才又重新回到屋檐下，卧在地上伸着长长的舌头不住地喘着粗气。

走时，陶仲松专门嘱咐刘国礼："你是党员，是村支书，要以大局为重，要做好群众工作，稳定群众情绪。要遵守党的纪律，不要让群众以讹传讹，造成不必要的影响。"

刘国礼很想对陶仲松说："我是党员，是村支书，我还是一名普通群众，是苗拉河的河长，我不光对党忠诚，我还要对苗拉河负责，对住在河边的群众负责。"最终他什么都没有说，直到陶仲松他们走远了，他都还站在原地回不过神来。

车队走了，围在河岸边长长的皮绳也被收走了，村民们拥到刘国礼身边，问他到底是怎么回事，刘国礼有些心虚地对大家说："天灾，百年难遇的大天灾！"

刘国礼的话让大家的心情很沉重,特别是那些上年纪的老人,更是忧心忡忡。有些老人甚至埋怨年轻一代,说年轻人做事莽撞,不讲规矩,说话办事没有分寸,得罪了老天,才换来老天对苗拉人的惩罚。一些胆小的人,在听到"天灾"这两个字后,就急急忙忙拉着看热闹的孩子远离了河岸。

刘国礼喊住刘国军,组织人在距河边不远的山坡上,挖了一个大坑,把河里的死鱼捡出来,堆放到大坑里面,浇上石灰,进行了深埋处理。

尽管县里一直封闭苗拉河被污染一事,但"鱼瘟"事件还是被新闻媒体曝了出来。从报纸和电视上知道鱼"瘟"死,是因为上游县城工业园区的工厂排放的污水所致,整个苗拉河周围的群情一下子都变得躁动起来。

为了稳住群众情绪,玉水县专门召开了一个关于如何治理苗拉河污染问题的通报会,并把刘国礼和几个群众代表请去旁听了会议。

会上除了通报苗拉河的死鱼情况,以及河水的污染情况,还提出了好几种治污的办法。但这些办法提出来,要不就是投资大,要不就是周期长、见效慢,所有措施对玉水县目前的经济状况来说,都很难实施。会上虽然讨论得很活跃,争论得也很激烈,但却没有一条切实可行的解决办法。

离开县城,县委书记和县长,专门把刘国礼找去单独谈话,叫刘国礼回去后,一定要配合好乡党委、乡政府,做好群众工作,稳定群众情绪,安心搞好生产。书记和县长都说:"我们一定会克服困难,尽快采取措施把问题解决好,还苗拉河一个清洁的河水,还乡亲们一个公道。但在困难没有得到解决前,你们要多给群众做工作,多做解释,让群众知晓目前我们所遇到的困难。要让大家相信县委、县政府,给县委、县政府一定的时间来寻求彻底的解决方法。"

从县城回来,刘国礼走到村子背后的山梁上,太阳还没有落山,他

166

在路边寻一块大石头坐了下来。从这里往下看，苗拉河和拉干河的轮廓清晰可见，河水流动的声音也清晰入耳。刘国礼对这两条河太熟悉了，他出生在这两条河边，从小到大一直喝的是这两条河的水，除了上县城求学的那些年，也一直生活在这两条河边，就是前些年出去打工，睡梦中也还常常出现这两条河。长期以来，这两条河一年四季清澈透亮，流淌不止，无私地滋润着世世代代的苗拉人。苗拉人视苗拉河为母亲河，世世代代在河里撒网捕渔，在河里洗涤，在河里抬水喝。突然间苗拉河的水就不能喝了，这可怕的现实不光乡亲们无法接受，就是当了村支书的刘国礼，也无法接受。

天黑尽，刘国礼才踏进家，推开屋门时发觉屋子里坐满了人。见他进家，人们都用征询的目光齐刷刷地盯着他。刘国礼顾不得洗脸，坐到大家中间，把开会的情况，县委、县政府主要领导的意图告诉了大家。刘国礼说话时，一些上年纪的人"吧嗒吧嗒"地抽着叶子烟，屋子里到处都弥漫着辛辣的烟叶味。刘国礼把话说完，人群立刻沸腾起来。一个不习惯叶子烟味的人一边咳一边大声嚷着说："难道苗拉河就这样完了吗？"

刘国礼说："苗拉河不会就这样完的，县里在想办法，我们自己也要想办法。只要我们听县里的话，齐心协力共同治理，苗拉河一定会重新清亮起来。"

有人问："想办法，我们想什么办法？"

是啊，除了污染治理，还能想什么办法。而这样的污染治理，县里如拿不出真抓实干的干劲，凭刘国礼等苗拉的村民们，是无法想出办法的。

刘国礼沉默了，大家都沉默了，突然有人激愤地说道："要不我们找几个人，弄几包炸药，去把这狗日的上游那些厂炸了。"

在场群众的情绪被点燃了，群情激愤起来，大家你一言我一语，场面几乎失去了控制。刘国礼苦口婆心费尽口舌，才把那些激动的情绪安抚下来。待所有人都回家休息后，刘国礼才发现已到下半夜。刘国礼一点儿睡意也没有，他披着衣服站在门边，朦胧的月色下，村子里显得十分寂静。村子边，苗拉河与拉干河的水流声，在寂静的夜里显得十分夸张和刺耳。沿河两岸的竹林被隐蔽在暗夜中，只有远处黑黝黝的山峰，一个连着一个向远处延伸，一直延伸到看不见的尽头。顽皮的星星一忽儿在山顶上，一忽儿又在头顶上，把天空点缀得忽明忽暗，忽远忽近。微风从远处吹来，带来了一股难闻的怪味，这股怪味一直缠绕着刘国礼，久久不愿散去。

苗拉河的污染问题已成了玉水县的一个大问题，上上下下的人都在议论、在评价，新闻媒体更是把这问题看成一个社会热点，进行了多次的跟踪采访报道，给玉水县委、县政府的工作形成了很大的压力。县委、县政府的头头脑脑们也知道，这个问题一天得不到解决，他们的日子就一天得不到安宁。

二〇一四年一月，玉水县第十二届人民代表大会第二次会议在县城举行。在距苗拉河被污染一百八十四天以后，刘国礼等六十七位代表联名提出议案，要求根治苗拉河污染。治理污染的问题在这个山区小县，第一次被提到了全县大事的议事日程上。

临离开村子到县城来开人代会这段时间，为写这个议案，刘国礼走访村民，梳理村民们提出的意见。他对那些意见大，一直想走上访路线，逼迫政府治理污染的群众说："我们是新时代的农民，我们要学会运用法律武器来维护我们的利益。我这次去，是代表大家反映情况，是通过大家的呼声来督促政府治理苗拉河，使苗拉河重变清澈。"

又一个春天来到了，苗拉河两岸的竹林中露出了尖尖的嫩笋。去年秋天，沿河两岸的竹子突然开花，给苗拉河增添了一道奇观。但除了不懂事的小孩偶尔去河边看稀奇外，大人们的心情都高兴不起来。特别是那些上了年纪的老人，对竹子开花更是讳莫如深，他们说竹子开花是凶兆，是生命走到尽头的象征，他们的话给这片土地带来了一种不安和忧虑。挨过了一个长长的秋季和冬季后，开花的竹子还是死了，但新的生命在死去的枯竹旁又顽强冒了出来，给这片土地注入了新的活力和希望。

人代会开过后，在舆论的监督和上级有关部门的干预下，玉水县工业园区的一些污染企业，由于排污标准达不到要求，又迟迟没有解决好排污问题，被迫停产整顿，待排污问题彻底解决后才能投入生产。

一场大雨过后，涨了一次大水的苗拉河又渐变清澈。刘国虎划着他的小船，又出现在河面上。尽管什么鱼都没有打到，但他还是雷打不动地每天都去，用他的话说是"一天不到河上去看看，心里就不踏实"。

污染事件过后，刘国礼养成了一个习惯，每天起床第一件事，就是下到河边，沿河走几百米，一边捡拾那些遗留在水中的塑料袋等垃圾，一边聆听水流的声音，下雨天也如此。家人不解，问他天天跑去河边干什么，他说："看河水，看河水什么时候清澈。等河水清澈了，我就不去了。"

一天早上，刘国礼来到河边，看到刘国虎坐在船头，没有解船下水。刘国礼走到刘国虎船边，同刘国虎打了一声招呼。刘国虎从船上下来，来到刘国礼身边，向刘国礼要了一根烟，点上后他说："国礼哥，以前我认为你处处跟我作对，恨你。这一段时间出船，一直打不到鱼。现在我明白了，你以前的所作所为，不是跟我作对，你是为了这条河。我今天在这里等你，就是想跟你说，以后我打鱼，再也不会用小网，再也不打桃花鱼，更不会用电机电鱼了。我也要像你一样，学会守护这条河，把更多的鱼留下来，留给我们的子孙后代。"

## 猴鼓舞

　　那一抹夕阳西去了，老鼓手刘国禹还坐在村口路边。路的一头是村庄，一头是远处的大山。通往村庄的路在村口散开，散如一张蛛网，四通八达伸进那些新崭崭的楼房群。刘国禹背对村庄，目光有些散淡、空洞。那些进村和出村的匆匆行人没有引起他的注意，没有人和他打招呼，就像他真的不存在一样。刘国禹的心思固执地集中在对一些往事的回忆上，越回忆越感到心中不是滋味。村庄的灯光亮了，办丧事的刘朝柱家热闹非凡，城里来的乐队开大音响，震耳欲聋的音乐从村庄上空飘出来。来了城里的乐队，丧事就办成了喜事。《送战友》《今天是个好日子》《好人一生平安》……以及一阵阵叫好声，让刘国禹的心思总是聚拢不起来。音乐、歌声、叫好声一层一层撕扯着刘国禹埋藏在内心深处的忧伤。刘国禹试图找到造成他忧伤的原因，却又总是找不出一个来龙去脉，内心深处令人恼怒的忧伤和痛苦，最终只能归咎于自己的烦躁与不安。

　　刘国禹是纳料的鼓手，也是方圆十村八寨最优秀的鼓手。搁在以前，谁家办丧事如果没有刘国禹前来跳猴鼓舞，那丧事办得再排场，也会让人嗤之以鼻。然而不知什么时候，刘国禹和他的猴鼓舞就被冷落了。是在这些楼房代替那些草房和瓦房以后，还是在山路被拓宽成公路以后？刘国禹都记不清了。

　　有了城里的乐队，人们就不再关注猴鼓舞，这个特定的只有在办丧事时才能跳的舞蹈，在城里乐队来到乡村后，就被冷落在乡村边缘了。猴鼓舞被冷落，刘国禹也就被冷落了。刘国禹这个老鼓手，曾经在这片方圆十多公里的土地上，一直是丧事场上的座上宾。十村八寨里有人去世，办丧事的人家第一个请来的就是刘国禹。刘国禹背着木鼓，第一个赶到去世老人床前，在床前擂响木鼓，如泣如诉的鼓声从木房里飘荡出来，回响在村寨上空。寻着鼓声，四乡八寨的寨邻、亲戚就会聚拢到丧主家，为死者净身、沐浴、入殓。在死者入殓，刘国禹开始跳猴鼓舞时，人们总是里三层外三层地围着观看，舞到高潮处，大家还会跟着"噢！噢！噢"地吼叫起来。一场舞蹈过后，刘国禹累了，真正的丧礼仪式也开始了，围观人群的脸上也就写满了庄重和肃穆。曾几何时，猴鼓舞就在这里的丧葬文化中失去了地位，就连落气鼓也不用刘国禹去敲了。人死后放一挂鞭炮，一阵"噼噼啪啪"的响声，还没等刘国禹知晓，那些寨邻、亲戚就早已经围拢过去了。

刘国禹是在与城里乐队竞争中败下阵来的。那一场残酷的竞争注定了刘国禹远远不是那些乐队的对手，注定了他和他的猴鼓舞将要被这片土地抛弃。其实那也不叫竞争，仅仅只是打了个照面，刘国禹就失败了。乐队开始从城里来到乡村，来到这个丧葬舞台的时候，刘国禹就铆足了劲要把他们赶回城里去。自从城里的乐队来到乡下后，每次碰到这些乐队，刘国禹的舞蹈跳得比平时都要卖力，都要全神贯注。每一次的丧葬仪式上，刘国禹跳猴鼓舞，开始围观的人也很多，包括乐队里的那些年轻人。然而当乐队拉开场子，高调亮相不到一小会儿，人们就呼啦啦从刘国禹身边离开，围到了乐队那边，就连高潮处刘国禹声嘶力竭地"噢！噢！噢"也只有几个老人附和。城里来的乐队除了放音乐、唱歌，也还跳舞，还有戏剧、小品及各种杂耍。刚开始，只有孩子和年轻人抛开刘国禹和他的猴鼓舞，后来连老年人也经不住诱惑，就再也没有人看刘国禹跳猴鼓舞了。

被冷落后的刘国禹想不通，彻夜睡不着，特别是在开始那一段时间，他都是整夜整夜躺在床上，将眼睛一直睁到第二天黎明。刘国禹一直认为要是没有城里的乐队，他也不会落入这种孤寂落寞的生活环境中。但他拿这些乐队没有办法，除了心中的怨恨和诅咒，他都无法与他们抗衡。以前十村八寨有丧事，刘国禹还是被请去，多是在乐队还没有赶到的时候，让他先去凑场子，拢人气，乐队一到他又被冷落到一边。后来刘国禹就干脆拒绝了那些邀请，丧主家给再多的礼金，他也不接受。渐渐地，大家似乎都忘记了他。这个曾经在丧事中风云一时的老鼓手，还有相伴他的那只跟他一样郁郁不乐的木鼓，再很少到丧事场上来露面了。

在这片大山上，跳猴鼓舞不只是出风头，还是一门挣钱的手艺，活不重，却挣钱多。跳一次猴鼓舞，往往最多一个半小时，每次最少都能挣到一百二十元钱，多的可以拿到三百六十元，比做任何事情都强。要知道，在这片土地上，有的人辛苦一年，身上都很难装过一百元钱。这里的人对学跳猴鼓舞趋之若鹜，更多人的心思并不是为了传承猴鼓舞艺术，而是把跳猴鼓舞当成一种找钱的手段，怎奈跳猴鼓舞的师傅收徒，却有着严格的条件。

刘国禹很幸运，被师傅收为徒弟时，他三十五岁，师傅是在快六十岁时才开门收徒。他进门后师傅告诉他，以后他也得要感觉自己快跳不动了才能收徒。他问为什么？师傅说："猴鼓舞是跳给死人的舞蹈，跳一次要伤一次元气，谁接了这个鼓棒，谁就得承受这种伤害。没有成家的年轻人骨头嫩，万一有个闪失就会贻害一生。收徒要收体格健壮，有家有室，还要能喝酒的成年人，才能随时承受得住这种伤害。"

学了一年的猴鼓舞，刘国禹出师了。刘国禹出师那天，刚好是刘国斌的母亲去世的日子，师傅把刘国禹带到刘国斌家院子，让刘国禹给刘国斌的母亲跳猴鼓舞。开始上场时，刘国禹还有点紧张，不知不觉地，他就完全融入了鼓声的韵律中，融入了舞蹈的节奏中，浑然忘却了身外事。三十分钟的舞蹈跳结束后，师傅亲自给他端上了一碗酒。含着泪花喝下师傅端来的酒，刘国禹知道师傅从此后不会再跳猴鼓舞了，这片土地上有人家需要跳猴鼓舞，只能由他刘国禹来完成了。刘国禹给师傅倒了一碗酒，将酒碗举过头，跪到师傅面前。师傅从刘国禹头上接过酒碗，先用手指从碗里蘸三下，将手指上的酒洒向大地，然后又蘸三下，将手指上的酒洒向刘国禹头上，最后才一饮而尽。出师后的刘国禹谨遵师傅的教诲，全身心地投入到猴鼓舞的艺术中，并在师傅闪、转、腾、挪的基础上，加进了前后空翻的动作，使他跳的猴鼓舞看起来更加矫健，更加多姿诱人。

刘国禹要收徒了。刘国禹开门收徒那天，他家的门槛几乎被四乡八寨的人踩断了。很多人都想来看刘国禹怎样收徒，更多的人则是想来给他当徒弟，包括他那个时候刚结婚不久的小儿子，都想投到他的门下把猴鼓舞的技艺学到手。刘国禹遵循师傅的教诲，三番五次地考察后，挑了三十八岁的刘成明做他的徒弟，为此，他还得罪了一些人，包括他的小儿子。做不成他的徒弟，小儿子一气之下，撇开一家老小，走上了南下打工路。

然而，刘成明跟着刘国禹还不到一年，在城里受到市场冲击的一些演出剧团，也把目光瞄向了乡村市场。城里乐队来了，把刘国禹和他的猴鼓舞冲击得七零八落，几乎被冷落到无人问津的地步。刘成明决绝地离开了刘国禹，离开了猴鼓舞，连一声招呼都没打。也许是羞于见到刘国禹，也许是害怕见到刘国禹后不知道怎么说，刘成明是在一个无月的夜晚，悄悄背上行囊，逃也似的走上了南下打工路。等刘国禹回过神来，再来想物色其他人做徒弟时，才发现那些原来想向他学跳猴鼓舞的人，不是走上打工路，就是远远地躲开了他的目光。有的宁愿去央求城里乐队，希望乐队的人把他们带出去，让他们去打下手搬东西，都不愿意亲近猴鼓舞了。

过去的日子里，刘国禹就是大家的骄傲。在鼓声悠扬的舞蹈里，刘国禹不光是丧葬礼仪的中心，还是一家人的中心，纳料人的中心，更多人崇拜的中心。每一个丧礼场，刘国禹只要敲响木鼓，人气就会马上被聚拢到他的周围，就是再忙的人，也要放下手上的活，赶来看他跳完一场猴鼓舞，才继续去把耽搁的活干完。围过来看他跳舞的人为他捧场子，跟着他"噢！噢！噢"大声吼叫。在更多人气的相伴和鼓励下，刘国禹的鼓点就敲得更有节奏，舞也跳得更有感觉。每每这个时候，刘国禹敲出的鼓声，虽说不能撼天动地，也足以让在场的每一个人肃穆动容。

没有人知道刘国禹的忧伤，就连他的家人。曾经是那么崇拜他跳舞的家人，在城里乐队来到后，也不再喜欢他的猴鼓舞，而是喜欢上城里的乐队了。每逢有丧事，他们都疯跑着去看城里乐队表演，而抛下他孤零零一个人。每当这个时候，刘国禹就会抱着他的木鼓，就像抱着一个孩子，轻轻地一遍又一遍地擦拭着，直到木鼓变得清洁，一尘不染后，才背上木鼓出门。

刘国禹背着木鼓离开村子，离开那些刺激他神经的现代音乐，走向大山深外。刘国禹向远离村子的一个山坳走去，那个山坳被几座大山包围着，只有一条小路与外界联系。山坳里有个二十亩左右的大草坪，草坪原先是耕地，承包后这些地的主人嫌这里路远偏僻，就把这些地撂荒了。刘国禹走进山坳，在草坪边的一块石头上坐下来，抽了一杆烟，喝了一口特意从家带来的苞谷酒，刘国禹敲响了木鼓。"咚！咚！咚……"，鼓声从慢到快，从低沉到激越，从舒缓到高昂，不一会儿就响彻整个山坳。敲着鼓，跳着舞，刘国禹又找到了从前那种被人围着捧着的感觉。此时此刻，他已经忘记了失落，忘记了城里乐队带来的不快，特别是当他"噢！噢！噢"吼叫起来的时候，山坳里崖壁上的回声，就像是有无数的围观者在回应他，附和他。那一刻，刘国禹感觉到，他不再是一个人在孤独地表演，而是有很多很多人在观看他表演。他重新找回了内心的自尊和快乐。

淋漓尽致地对着山野舞了一回，刘国禹从山坳里回到家，天已经黑了。屋子依旧冷清，他的家人到丧主家去吃饭，在丧事场上观看乐队表演还没回来。刘国禹小心地把木鼓从背上取下来，轻轻放到屋子角落里，然后把鼓棒重新放回它原来所在的位置。做完这些，刘国禹走出家门，来到村口路边，背对着村子，面对着远处的大山坐在那里出神。偶尔有人路过和他打招呼，他都视而不见。

最先发现刘国禹在山坳里敲鼓跳舞的，是几个望牛的孩子。那几个孩子在山口听见鼓声回荡，就寻着鼓声走进了山坳。在山坳里，他们看见了敲着鼓跳舞的刘国禹，他们没有惊动他，他们远远站着，直到刘国禹跳完一场舞，他们才向他走去。

这些来自纳料的孩子，曾经都看过刘国禹跳猴鼓舞。那个时候他们在人群中钻进钻出，跑前跑后，打打闹闹，从没有像今天这样认认真真看完一场舞蹈。在山坳里看完刘国禹跳舞，他们小小的心灵突然间就有了一种震撼。他们走到刘国禹身边，按辈分称呼刘国禹，由衷地说："三爷，您的鼓打得真好。""舞也跳得真好。"

这是孩子们的真话，他们打心眼里对刘国禹敬佩。几个孩子拿起刘国禹的木鼓，要刘国禹教他们敲鼓。在刘国禹手把手地指导下，鼓棒在孩子们手上接力棒一样传递着，一阵又一阵激越的鼓声，由舒缓到张扬，由低沉到高昂，穿透力十足地响彻山坳。伴随着这些鼓声的，是孩子们在刘国禹的指导下跳起来的猴舞。孩子们的舞蹈虽然没有刘国禹的娴熟、老练，但由于身轻灵活，他们模仿猴的动作，就更加逼真，更加惟妙惟肖。

刘国禹在山坳里跳猴鼓舞就多了一群观众，也多了一些参与者。这些观众和参与者有时是几个孩子，有时是一大群孩子。然而孩子们是不会认认真真爱上这个舞蹈的，他们好奇的天性，决定他们不会专注于某一件事情。包括猴鼓舞对他们的吸引，也只是一时的好奇所致，那股好奇劲过后，心淡了，情淡了，趣也就跟着淡了。到山坳里来的孩子渐渐少了，即使来也不会认认真真观看刘国禹跳舞了。参与的人就更少了，偶尔还会有孩子从刘国禹手里接过鼓棒和木鼓，敲鼓，跳舞。但他们的心思，已经不再注重于怎样把鼓敲出节奏，把舞跳得舒展，而是想着怎样把鼓敲得最响，让山崖上的回声响得更悠远，并且把跳舞当作嬉戏玩耍来追逐打闹。还不到一个月，孩子们就都厌倦了，都不来了。

没有孩子到山坳来，也就没有了观众，也就没有人再来欣赏刘国禹的猴鼓舞。山坳偏僻，除了放牛的孩子，平常时间是不会有人进来的。孩子们不来后，这里又成了刘国禹一个人的世界，又成了他一个人的舞场。时不时刘国禹就会一个人到山坳里来，用铿锵的鼓声敲醒山坳隐藏的落寞。刘国禹执着于他的猴鼓舞，他的生命力已经完全融进了猴鼓舞的节奏中。他比任何人更了解猴鼓舞，更懂得猴鼓舞的价值。他的师傅把这个舞蹈传给他的时候，把一生的执着和追求也传递到了他的手上。为此，不管别人欣不欣赏，他都得把这个舞蹈跳下去。每次到山坳里来敲鼓、跳舞，即使周围没有人，即使面对的只是那些不会叫好的树和草，泥土和石头，刘国禹都会一丝不苟地认真表演，把一生最大的追求和本事从心底迸发出来，淋漓尽致地体现在他闪转腾挪的舞姿上。

每一场舞蹈都会消耗刘国禹身上的许多元气。一场舞跳下来，刘国禹会感到体力不支，气喘吁吁，都要恢复好久才能缓过气来。以前在人前跳舞，每跳完一场舞，都会有人端上一碗酒，让刘国禹喝了解乏。一碗热辣辣的酒下肚，刘国禹的精神又上来了，体力又得到了恢复。然而在山坳里，没有人给刘国禹端酒，即使喝上自己从家带来的酒，刘国禹仍然感到疲乏，仍然感到精神恢复不上来。以前刘国禹每周都要到山坳里去宣泄一次，少一周不去，他都会感觉浑身不得劲，心中难受。随着年龄一天天增长，体质每况愈下，特别是在生了一场大病后，病愈后的刘国禹在家人的多次劝阻下，就很少再到山坳里去跳舞了。然而一旦四乡八寨有人家办丧事，城里乐队来到乡下表演，刘国禹仍会到山坳里去跳舞。山坳让刘国禹找到了一个表演的舞台，山坳让刘国禹躲开了那些恼人的现代音乐，山坳让刘国禹重新寻找到了自己生命的价值。尽管有时家人会反对，刘国禹仍然我行我素，仍然在有人家办丧事时背上他的木鼓，行走在通往山坳的小路上，无论谁站出来都阻止不了他的脚步。那个山坳，那个草坪，俨然已经成了他为之心醉的事业舞台。

　　一天傍晚，刘国禹从山坳回到家中，看见小儿子陪着一个人在家等他。这个人烧成灰刘国禹都认识。就是这个人，带着城里的乐队闯进他生活的这片土地，一步一步蚕食他的自尊，最终把他逼离这片土地丧葬文化的舞台。这个年轻人还是那样精练、干瘦、精明，一副老于事故的样子。面对这样一个人，一种异样的感觉掠过刘国禹的心头。刘国禹觉得他刚刚在山坳里寻找到的快乐，就像烟雾一样散了，一种异常的痛苦侵入了他的心灵，使他的全身立马颤抖起来。他用不友好的语言问那个年轻人："你来这里干什么？"

　　年轻人说："刘师傅，我来找您合作，请您到我们那里去跳猴鼓舞。"

　　年轻人的话让刘国禹的眼前一亮，但随即这亮光马上就熄灭了。他不知道年轻人的话是真是假，是取笑他还是想帮助他？刘国禹一直认为他跳的猴鼓舞，和现在年轻人所跳的舞蹈风马牛不相及，一个是古老的文化，一个是现代的狂欢（刘国禹一直认为年轻人跳的现代舞只是一种狂欢的表现），一个在天上，一个在地下，是永远凑合不到一起的。自从他受到这个年轻人带来的乐队冲击，自从这片土地的丧葬文化抛弃他和他的猴鼓舞，刘国禹的心就几乎死了。而刘国禹到现在之所以还不抛弃猴鼓舞，之所以坚持到山坳中去跳舞，就是为了一种信念，一种局外人永远感知不到，而在刘国禹的心中却根深蒂固的文化传承信念。这种信念的存在，在猴鼓舞备冷落的今天，刘国禹才不会放弃。刘国禹认为他的舞蹈是来自于师傅对他的传承，只要他还在世，他就不能让九泉之下的师傅对他失望。

刘国禹不相信，这个利用现代音乐舞台挤对他的年轻人会与他合作，不相信他们会需要他的猴鼓舞。他知道尽管他一直在坚持，尽管他一直渴望能够有年轻的一代来接住他的鼓棒，将猴鼓舞这个古老的艺术一代代传承下去，但他却不敢乐观。刘国禹一直认为心中的愿望几乎是不可能实现了，自从刘成明远离身边外出打工；自从年轻人不再愿意学跳猴鼓舞；自从这片土地的葬礼不再需要猴鼓舞；自从这片土地上的乡亲们远离猴鼓舞，去崇尚现代音乐，他的心就冷了。这个乡村都在抛弃的古老艺术，城里人更是不会稀罕了。刘国禹冷冷地对年轻人说："你们把我挤跑还不够，还要到家来羞辱我，是不是要把我赶尽杀绝你们才甘心？"

"刘师傅，您误会了。我们下乡来演出，不光是为了生活，也还是为了给剧团扩展新的艺术之路。刘师傅，我今天来找您，就是想和您携手，把我们崇尚的艺术做强做大。刘师傅您是一个很了不起的艺术家，是猴鼓舞艺术文化的传人。我今天就是真诚来邀请您，希望您能够加入我们乐队，到乐队来教我们跳猴鼓舞，让我们一起来把这个古老的艺术传承发扬光大。"

年轻人的一番话句句说到了刘国禹的心坎上，把刘国禹快死的心又说活了。刘国禹对年轻人的话还是将信将疑，他无法从年轻人的话中，揣摩出到底有多少真实的成分。这不能怪刘国禹多疑，经的事多了，受的打击多了，多疑的性格也自然而然形成了。

看到刘国禹还在犹豫，还在纠结，他的小儿子也在一旁帮着年轻人说起话来。父亲还在山坳里跳舞的时候，儿子已经同年轻人聊过了，他知道年轻人是真心希望自己的父亲加盟他们乐队，真心希望父亲去教他们跳舞。谈话中他了解到，年轻人和他的乐队也想通过努力，把猴鼓舞这个古老的艺术文化传承发展下去。儿子把刚才他们谈话的内容转述给刘国禹，儿子认为这是父亲了却多年心愿的最好机会，希望父亲不要放弃。儿子同情自己的父亲，他不希望自己的父亲只会躲到山坳里去跳舞，他更希望自己的父亲仍如从前一样，堂堂正正站到人前去跳舞，去重新赢取大家的掌声，赢取社会的尊重。

在年轻人和儿子的劝说下，刘国禹的心活了，泛了，亮了。这天夕阳西下后，人们没有看到老鼓手刘国禹像往常一样坐到村口路边，而是背着他的木鼓，穿着以前跳舞时才穿的衣服，坐在城里乐队旁边。刘国禹的出现引起了一阵骚动和紧张，围观人群误以为刘国禹隐忍了一段时间后，终于坐不住了，要出山来砸乐队的场子了。在这片土地上，大家都是乡亲，都有着牵丝挂缕的亲戚关系，抬头不见低头见。尽管大家都很同情刘国禹的遭遇，都热爱猴鼓舞，但相对艺术的观赏和喜爱来说，他们更喜爱城里来的乐队。乐队带给了这片土地新鲜的感受，唯其如此，大家才抛开猴鼓舞，来欣赏这些新鲜的东西。今天，刘国禹来了，在离开这个舞台一段时间后又出现在这个舞台的边缘，除了砸场，他还会有什么目的呢？除了刘国禹本人，除了乐队的那些人，在场很多人的心情都很复杂。有替乐队担心的，也有替刘国禹捏一把汗的。

乐队表演了，高潮一个接着一个，气氛一浪高过一浪，人们一边观看表演一边表情复杂地注视着刘国禹。丧主甚至告诫几个年轻人，一旦发现刘国禹有不对劲的地方，就要赶快上去制止，不要让他出事，更不能让乐队出事。就在大家心情复杂地期待着的时候，乐队主持人上前宣布，请刘国禹师傅给大家跳猴鼓舞。刘国禹上去了，乐队的现代音乐停止了，喧闹的人群一下子就安静了，就连刚才还在人群中钻来钻去，到处乱跑胡闹的孩子也安静下来了。大家又听到了老鼓手敲出久违的鼓声，又看到了刘国禹久违的舞蹈。木鼓在刘国禹的击打下，发出的声音依旧悠扬、激越、透彻。刘国禹跳出的舞姿依旧奔放、诙谐、逗趣。唯一不同的是在高潮处刘国禹"噢！噢！噢"地吼叫的时候，除了乐队的那些年轻人，竟没有人附和。直到刘国禹跳完舞停下来，主持人缓步走向前去宣布下一个节目的时候，人群才像从梦中醒来，报以一阵热烈的掌声……

# 迎　春

　　明天立春，六十岁的石国花将迎来自己人生的第一个迎春节。对于这个只有年过六十的花甲老婆婆才有资格过的节日，石国花的内心生出了一股说不出的激动和期待，明天她将穿戴上古老庄重的服饰，拿着酒、肉等供品，带着炊具，与纳料六十岁以上的奶奶们集体去到野外的一个地方（过去选择地点还要看历书所指的吉利方向），焚香烧烛，摆设供品祭谢天神赐给当年的收成，然后以唱歌的形式求拜天神保佑来年风调雨顺，五谷丰登。

　　迎春节是石国花在当了奶奶后就一直向往的节日。虽然距离明天还有很长一段时间，但石国花的心已经飞到了明天，吃完晚饭后她就开始在为明天的活动做准备。明天该带的东西都已经准备好放进背篓，她还是不放心，临睡前又把这些东西倒腾出来，一件一件地重新清理了一遍，清理好装进背篓后又叫丈夫张大学帮她回忆一下，看少下什么东西没有。张大学说："什么都不少，我都帮你认真看了，你就放心睡吧。"石国花说："还是仔细点好，明天是我邀大家，如果少样把东西没有带就丢丑了。"张大学说："我都帮你检查三遍了，你个人也看这么多遍了，不会少的，睡吧，就是少样把东西明早上补也来得及。"

　　然而刚刚躺到床上，石国花又一轱辘从床上爬起来。张大学问她去干什么，她说好像装那只大公鸡的笼子没有关好，怕大公鸡明天天一亮就飞出去，抓不住。张大学说我都盖好了，笼子上还压了一块大石头，鸡飞不出去的。丈夫的话虽然说得很肯定，石国花还是不放心，亲自下

180

床去检查了一遍，看到大公鸡还好好地待在笼子里，笼子上也如丈夫说的那样压着一块大石头，才重新回到床上躺下来。

躺在床上的石国花很难入睡，见她不停地在床上翻动着身体，张大学就没好气地说："不就是去过一个迎春节吗，看你激动的那个样子。睡吧，离天亮还远着呢。"

石国花拉开大门的时候，门楣上的牛头晃动起来，石国花没有注意到，但是跟着出门的孙子却注意到了，孙子叫了一声"奶奶"。石国花边走边说："不要跟着我，在家跟爷爷，我要去很远很远的山上，山上有老猫，专门抓小孩子。"

水泥院子旁边的水沟还在哗哗地流淌着昨夜的雨水，一条水泥路从院子一直延伸往寨子中间。石国花在院子里一边把背篓里装的东西取出来重新清数，一边嘱咐孙子不要玩水。清好数后，石国花重新把摆放在地上的东西往背篓里装，一口锅，一瓶酒，一大碗糯饭，一块肉，一把刀，一块砧板，几只大碗。背篓不大，塞进这些东西后就已经满满当当了。张大学提着一只大红公鸡从家里走出来，被捆住翅膀和双脚的公鸡在他的手上一动一动地挣扎着。张大学问石国花是不是也要把公鸡装到背篓里去，石国花一边答应一边从丈夫的手里接过公鸡，背篓太满，石国花怎么努力也没能把公鸡装进去，只好放弃了。石国花蹲下身子，把背索套到肩膀上，在丈夫的帮助下，两脚一用力就从地上站了起来。起身后石国花从丈夫手里接过公鸡，嘱咐丈夫要看好孙子，不要让他到处乱跑。然后又对孙子说："在家好好听爷爷的话，不要玩水，玩水一会儿咳嗽起来要挨打针。在家好好听话，一会儿奶奶给你带好吃的来。"孙子说："奶奶，我不要好吃的，我要汽车，像东生哥的那个汽车，手在这边一按就可以自己跑的汽车。"

石国花已经走出好远了，孙子还在身后大声地喊着："奶奶，一定要给我买一个汽车来。"

出了院子，水泥路就四通八达地在寨子里延伸起来，就像城里的街道，从一条村巷连接到另一条村巷，从一个院子延伸到另一个院子。昨夜的雨水将原先散落在这些路上的牛屎、马屎以及垃圾、灰尘都冲洗得干干净净，使每一条村道看上去比平时更加整洁，更加漂亮和光滑。

　　寨子里的水泥路修成已经两年多了，这两年多来，石国花每一次走在上面，都还会有种恍惚的感觉，仿佛自己的脚不是踏在村道上，而是踏在县城的大街上，每迈一步都小心翼翼，都生怕把从坡上带来的泥土洒落在这些光洁的路面上。对石国花来说，这日子的变化就像一场梦，昨天还实实在在地在梦的那边，今天一不小心就走到梦的这边来了。

　　石国花初嫁来纳料那些年，路是真正的"水泥"路，晴天一路灰，雨天一地泥，再加上遍地的牛屎、马尿和各种家畜的粪便，寨子要有多脏就有多脏。石国花清楚地记得，第一天走进纳料，她是被娘家的亲戚朋友簇拥着，两个被丈夫家请去帮接亲的寨上姑娘扶在她的两边，一路拉着她磕磕碰碰地往前走。不知是有意还是无意，她的脚时不时地踩到牛屎上，好好的一双新布鞋还没有等走进丈夫家就已经被牛屎弄得脏乱不堪。在石国花到纳料来生活若干年，纳料的房子都还是木头房，房顶上都还盖着厚厚的茅草，只有少数几栋屋的屋顶才盖着瓦片。石国花和丈夫张大学在纳料也算得上是很勤劳很会持家的人，他们在生产队时拼命抢工分，承包到户后更是不敢有半点耽搁，除了晚上睡觉，除了赶集办事的日子，他们的时间几乎都花在了侍弄土地和种庄稼上，但尽管他们穷其一生去勤扒苦做，家里的日子在他们当家时一直还是没多少改变。苦熬一辈子，石国花从当初的小媳妇熬成了几个孙子的奶奶，当她最终屈服于命运，认为自己这一生恐怕也过不上什么好日子时，日子却一天一个样地发生了翻天覆地的改变，变化之快之新让她总是感觉到自己就好像是在做一场梦，一场让自己怎么抓都抓不住的好梦……

　　攥在手上的鸡弹了一下，把石国花从梦中弹了回来，太阳从远处的山顶上冒出来，洒在寨子上空和附近的山上，弥漫出缥缈的浓雾，把寨子的上空笼罩在一片雾气缭绕的圣洁世界中。"大奶，大奶！"石国花站在大伯家的水泥院子里，把大嫂从门里叫了出来。拉开门走出来的时候，大嫂手里抓着的那只鸡还在"喔——喔"地叫着，大嫂一边把石国花往家让一边说，这挨刀砍的鸡，昨晚关得好好的，一大早就拱开笼门跑了出来，害得我和你大爷追了好半天才抓到。

被大嫂抓在手里的那只大红公鸡，似乎很不服气也很委屈，在石国花和大嫂两妯娌说话的时候，还在拼命地叫唤，拼命地挣扎。大哥张大才拿着绳子从门里跨出来，一边帮大嫂捆鸡一边叫石国花进家去坐会儿再走。望着大嫂手上的鸡，石国花有点不知所措，今年的迎春节是石国花第一次去参加，应该只是她一个人带鸡去，其余去参加的人只是象征性地带点猪肉，一瓶酒和一碗糯饭就行了，带多了在坡上也吃不完。大嫂似乎看出了石国花的疑虑，对石国花说："我本来不想带鸡，你大爷却一定要我带，他说带去坡上杀了吃不完就带回家来吃，他也想吃鸡肉了。这老鬼，嘴巴馋了就想找个由头来让我帮他杀鸡。"大嫂说话时大哥已经把鸡捆好了，大哥帮大嫂把鸡放到背篓里，然后直起腰说："我晓得你们都舍不得吃，你们把鸡杀好后就带回家，晚上我和二爷做下酒菜。"大嫂一边把背索往肩膀上套一边对张大才说："你想得美，哪个说我们舍不得吃，这两只鸡刚好够我们在坡上吃，你和二爷想吃鸡肉就自己去抓来杀，不要指望我们来帮你们整。是不是，二奶？"

石国花本来不想说话，见大嫂把话题抛给自己，就心不在焉地附和了一句。

嫁来纳料的第一年，石国花就知道了迎春节。立春那天，纳料的新媳妇石国花和丈夫张大学从婆家回来，在一个山坳里听到了一阵歌声，张大学说是寨里的老人们在这里过迎春节。石国花觉得很好奇，就叫张大学带她去看，张大学却显得很为难，说老人们过迎春节一般都不准人看，特别是不准年轻人去看。张大学越说得很神秘，石国花就越想去看，拗不过她的张大学只好把她带到一处刺蓬后面，叫她不要露头，更不要出声，看几眼后就赶快离开。

山坳里燃着一个大火堆，十多个老奶奶分散围坐在火堆边，她们的旁边是一个石头垒起的祭台，祭台上摆放着糯饭、米酒和几大块肉，祭台的四周插满了正在燃烧着的香烛，飘在空中的烟雾就是那些燃烧着的香烛散发出来的。寨子中两个最年长的男性长者则在一边忙着煮饭、做菜，而奶奶们只是坐在火堆边一心一意地唱她们的迎春歌。

谷雨来到是新春，
阳雀来叫鸟来音；
一年一个春来到，
三混两混老了人。


细细羊毛落金池，
提笔难写断头诗；
灵丹难医鸳鸯病，
黄金难买少年时。


细细羊毛落砚台，
提笔难写两分开；
灵丹难医鸳鸯病，
黄金难买少年时。
……

石国花就是这样第一次见识了迎春节老人们的迎春活动。在她的印象中，迎春节既然是个节，节日仪式要不就是很肃穆，要不就是很活泼，而这个迎春节却哪样都沾不到边，既不肃穆也不活泼，看上去还有点滑稽。但是那些迎春歌却让石国花记在了心间。不知为什么，听着上年纪的老人们唱这些歌，石国花总觉得心里有着一股挥之不去的悲壮和凄凉。若干年后，当石国花也做了寨上的老人，也有资格参加迎春活动，同寨上那些慢慢变老的奶奶们唱这些歌时，她才感觉到时光真的过得太快，恍恍惚惚的，她就从一个什么都好奇的新媳妇变成了孙子们嘴里的奶奶。

石国花和大嫂来到寨子中间的鼓场，等着寨上一起去迎春的老人们到这里来集中。鼓场是一块大大的水泥地，从寨子四面八方延伸出来的水泥路，在融进鼓场后，就仿佛河流融进了大海，一下子就变得宽了、大了、广了。鼓场中间，几只狗在水泥地上奔跑嬉戏，时不时地停下来你咬我一口，我叮你一嘴，或者几只共同追逐一只，追到后就共同发力，把被追的对象摁在地上，轻轻地咬上一口，然后撒欢地从倒地的那只狗身边跑开。被咬的狗从地上爬起来后也撒欢地跟在后边追着跑，跑着跑着就跑到了场子边的戏台子上，在那里追逐，撒欢，互咬。这些狗们仿佛也知道，只有到戏台子上去表演才会真正出彩，才会招来更多的目光。

这个鼓场是大前年修起来的，是国家出钱补助、村民集资来修的，国家在出钱补助纳料人修建这个鼓场的同时也补助纳料人规划了寨子的建设，将所有的烂泥路都修建成了光滑平整的水泥路。原来的鼓场可不是这个样子，原来的鼓场只是一块在寨子中间被先人们平整出来的泥土地，是专门供寨子上死人后跳猴鼓舞用的场地。石国花从嫁到纳料到鼓场没有修成水泥场地前，没有看到过哪一家来这里跳过猴鼓舞，而且在她的印象里，鼓场一直是寨子上最脏最乱的地方，谁家不要的东西都可以往鼓场上乱堆乱放。那些年鼓场白天是生产队的晒场，专门用来摊晒上缴的公粮，晚上就是生产队开群众大会的露天会场，闲时就是生产队饲养场里的鸡、鸭、猪、牛、马以及各家各户的看门狗们的娱乐场，这些牲畜们在这里玩耍，也将粪便东一堆西一堆地撒得到处都是。土地承包到个人后，政策也放宽了，寨上有老人过世也可以跳猴鼓舞了，但寨上没有哪一家在老人过世后到这里来跳猴鼓舞，大都选择在自家的院子里跳，自家的院子虽然小了点，但平整，不像寨子中间的这个鼓场，坑坑洼洼，还到处堆积着家禽家畜们拉下的粪便和附近人家扔下的垃圾。

石国花的公公爹张群志是纳料最好的猴鼓舞鼓手，石国花嫁过来没多久，公公爹的母亲——也就是丈夫的奶奶去世，寨子上的人都希望公公爹能为他的母亲跳一场猴鼓舞。那个时候跳猴鼓舞还属于封建迷信活动，不敢公开跳，公公爹只能关门在家悄悄跳，因为家里地方窄，跳的时候只准男人们去看，女人和孩子都只能站在门外边，而石国花作为孝家，有幸在家中看到了跳猴鼓舞。那一次，石国花才真正见识猴鼓舞，其实也就是跳舞的人模仿猴子动作在进行舞蹈，一边跳还一边唱孝歌，旁边看的人也跟着唱，唱到情浓处时，跳的人和看的人忍不住都会发出哭声。因为害怕工作队来查，那次公公爹跳的时间很短。本来跳一次猴鼓舞要花近两个小时，公公爹却跳不到一个小时就草草收场了。就是这么短的时间却让石国花的内心感到了震撼，公公爹在自己的母亲棺木前所表演的每一个动作和用歌唱所渲染的感情，就像一首如泣如诉的长诗，让在场的人都感到特别的揪心以及无比的伤心。随着公公爹跳出的每一个动作和唱出的每一句歌词，在场的人都哭得很伤心，自己的婆婆和夫家的那两个姑姑更是哭得几乎昏厥。石国花和这个奶奶虽然谈不上有多少感情，但是那天她特别想哭，而且也跟自己的婆婆和姑姑们一样，哭得天昏地暗。

石国花家院子的水泥地是纳料率先打整出来的第一块水泥地。改革开放后寨子上和附近寨子的人都来和石国花的公公爹张群志学跳猴鼓舞，来学猴鼓舞的人都给张群志带米带酒或干脆送钱，酒张群志收下了，但钱和米都被退了回去，于是这些人就一起出钱，将石国花家的泥土院子打成了水泥院子。

被修整成水泥地的鼓场就像一个露天大戏园，鼓场的一边是一个大大的戏台，戏台的墙壁上雕刻着一个大大的铜鼓，铜鼓上是一个光芒四射的太阳，铜鼓的两边是各种各样舞姿的猴鼓舞雕像，远远看过去，仿佛有无数的舞者正围着东方冉冉升起的太阳在翩翩起舞。鼓场的四周是一排雕梁画栋的长廊，那些长廊上的画像一个个栩栩如生，比家里神龛上的画像还要精细，还要耐看。鼓场修起来后，鼓场的四周立马就冒出了好多楼房，这些楼房都是清一色的雕梁画栋，琉璃飞瓦，远看还是老辈传下来的吊脚干栏木楼，但是近看却要比原有的那种干栏木楼气派、漂亮、堂皇。这些楼房都是寨上人这几年修建起来的，原来是东一栋西一栋地散落在鼓场的四周，而且都是仿山外人修建的水泥平房，鼓场修起来后，政府重新对这些房屋进行了统一的规划，修房时大家对这些房屋又进行了统一的装饰打扮。经过统一的规划和打扮，原本没什么特点的房屋一下子就变得整齐、鲜活和富有特色起来。

寨子变得漂亮了有特色了，到寨子里来看的人就多了起来，这些人有本地的，有外地的，甚至还有外国的，这些人的到来不光让纳料人大开了眼界，同时也打破了这里长期形成的传统生活方式。一些年轻人跟着这些人的脚步走出去了，走到山外去闯天下了，一些在家的年轻人也不再把心思放到种地上，而也学起城里人做起了生意，有的开着车子在路上跑，赚取拉脚的钱，有的用自家的房子开起饭店，赚那些到这里来游玩的客人们的饭钱。鼓场修好后，鼓场上就经常举行猴鼓舞表演，给到寨子里来观光旅游的外人看，有时外面来的人还会在寨子上住下来，出钱请寨子里会跳猴鼓舞的人教他们学跳。鼓场修成时，石国花的公公爹张群志已经去世好多年了，否则他一定是第一个到鼓场的舞台上去跳猴鼓舞的人。石国花的丈夫张大学也是纳料跳猴鼓舞跳得最好的人，每逢寨子里要跳猴鼓舞都少不了他。现在他不光是纳料这片山上三村十六寨专门教人跳猴鼓舞的师傅，还是乡里学校聘请的专门教孩子们跳猴鼓舞的老师，每周都要到学校去上两天课。

去参加迎春的老奶奶们陆陆续续走进了鼓场，她们一个个都打扮得齐齐整整，虽然穿的都是些古老的服饰，但由于这些服饰平常时候很少穿，乍一穿上身，感觉还挺光鲜，挺耐看。这么一大群穿着漂亮服饰的老人走到一起，一个个又都提着大包小包，仿佛她们不是去参加迎春踏青，而是去走亲戚或是去旅游。在一身新衣服的衬托下，这些六七十岁的老奶奶，一个个看起来比她们的实际年龄要年轻许多。这些老奶奶们除了带来往年去迎春时该带的糯饭、酒和一块猪肉外，每个人手里都还提着一只鸡。这让石国花感到很意外，还没有等石国花说话，提鸡来的老奶奶们就七嘴八舌地说："现在生活这么好了，我们也要让春奶奶知道，我们是诚心诚意去请她，是杀鸡敬她，不是杀一只鸡，是杀很多鸡敬她，让她好来快点，跟我们一起多过几年这样的好日子。"

　　"我们个个杀鸡，就是要让春奶奶晓得，我们现在过的也是神仙日子，是快活日子！"

　　"我们都拿着鸡去，就是要让春奶奶晓得，现在我们的这个日子呀，已经不比从前了，不知要好到哪里去了？"

　　除了拿着鸡，有的还提着大瓶小瓶的饮料，独居的李四奶还提来了一瓶好酒，市面上也要花好几百元才能买到。李四奶乐呵呵地说，这是过年前女儿和女婿孝敬的，原本想等儿子们回家过年时喝，可是儿子们过年喝的酒比这个还要好，过完年他们又出去打工了，这个酒留在家也没有人喝，今天就带来让她们这些老家伙也好好开一回荤。

　　石国花从背篓里取出几个大塑料袋，把大家带来的东西都分装到袋子中，然后把自己的背篓和大嫂的背篓都腾出来装大家带来的鸡，所有的鸡被丢进背篓时都发出了痛苦的叫声，尽管一只压着一只，两只背篓还是装不下这么多鸡，有几只就只好摆放在地上。大家带来的东西也被装了满满的几大袋，有人说这么装是不是太重了，等一下不好拿。石国花说不用担心，这些东西不要大家拿，会有人来帮我们拿。说话间，去帮大家做饭做菜的老支书刘仕光和寨子里最年长的金三爷也来到了鼓场。有人就对石国花说，就他们两个人，这么多东西，他们也拿不动啊。石国花说不是他们两个，是另外的人。有人就说，难道还要叫别的老爹伙去？石国花说不是别的老爹伙，是车子，等一下要有车子过来拉这些东西，还要拉人。

一听说今年有车子送大家去迎春，大家就七嘴八舌地议论开了，有人问石国花要到什么地方去迎春，是不是很远？还有人说往几年都是走路去，今年还要拿车子拉去，是不是嫌大家老了走不动了？也有人说有车子好，有车子就轻松多了。有人问是什么车，小面包车肯定拉不完这么多人。

说话间，车子鸣着喇叭开进了鼓场，来的可不是寨子里老人们经常看见的面包车，而是她们曾看到在公路上跑过而没有坐过的那种豪华旅游车。车子停下后石国花叫大家往车上装东西，大家却畏手畏脚地站在一边，不敢上去。老支书刘仕光一边往车上装东西一边告诉大家，这是村里特意为大家请的车，要请大家到甲茶风景区去过迎春节。刘仕光的话一说完，大家先是一阵惊愕，随之就像孩子一样，一边高兴得叽叽喳喳地说笑，一边手脚麻利地把地上的东西往车上搬。

上车后，刘仕光告诉大家，今年的迎春节是张二奶牵头，本来张二奶想由她家出钱请大家去远一点儿的地方玩，让大家都高兴高兴。张二奶和张二爷来跟我讲的时候他也很赞成，但不赞成由张二奶家来出这个钱。他就去找村领导说，村领导也很赞成，说大家都不容易，要玩就去好一点的地方玩，要玩个痛快。至于钱呢，不要张二奶家出，也不要大家出，全部由村里出，把大家都请到甲茶去，把迎春活动也拿到甲茶去过，让大家也去看看，欣赏甲茶这片美丽风景。

在座的每一位老人都见识过甲茶，而且都曾到那里去走过，但自从那里被开发成风景区后，老人们都老了，很少出门了，所以至今好多人不知道开发后那里是什么样子。

有人问石国花："张二奶，前年你去过甲茶，听讲那里的模样全都改变了，变成什么样子了？"

石国花说："变化太大了，前年老三他们从广东回来，带了一大帮朋友要到甲茶去玩，我和他爹也跟着去玩了一回。啧啧，才十多年没到，那里就变化得我都不敢认了，房子全部修得比我们寨子上的还要漂亮，还要整齐，路全部修成了宽阔的水泥路，那些在水面上跑的船，也全部变成了机器开的船。"

石国花的描述把大家都带进了对甲茶的向往中，在石国花描述的时候，好多人的眼里都流露出了羡慕的神情。石国花描述完后，很多人都还沉浸在那种向往里，一时间车上竟没有人说话。

坐在车子前面的刘仕光站起来对大家说："大家都听好了，这回到甲茶去过迎春节的不光是我们纳料寨子的人，还有周边几个寨子的人也要去，说不定电视台的人还要去录像。大家要拿出点精神来，特别是唱歌，唱歌上决不能输给其他寨子的人，丢我们纳料寨子的丑。如果你们唱歌真的唱输了，我和金三爷就不给你们做饭做菜。"

说到唱歌，车上的气氛立马活跃起来。有人说："怕哪样，我们有张二奶在，哪个寨子来都不是我们的对手。"石国花说现在老了，已经不比以前了，嘴巴不关风，唱出来的声音不好听不说，连记性也不太好，好多歌都记不住了。李四奶说，怕哪样，瘦死的骆驼比马强。以前去吃酒，那些寨子上的老奶们都很难唱赢我们，现在她们也好不到哪点去。

一直没有发话的金三爷说："张二奶，你怕记不住，现在就先来温习温习，让我们大家帮你记。"金三爷的话立即得到了大家的响应，在大家的撺掇下，石国花低低地唱了起来，先是她一个人在独自哼唱，接着是很多人加入一起哼唱，开始都还只是低低地哼，慢慢地就越唱越高，越唱声音越大，一瞬间整个车厢就汇聚成了歌声的海洋。

娱乐娱乐把歌唱，

迎春路上闹洋洋；

190

春暖花开日子好，
佯僙山寨幸福来。


千年树子根连根，
群众跟党心连心；
佯僙人民听党话，
日子越过越舒心。


大塘无水是从前，
现在有水花转鲜；
生活富裕政策好，
迎春热闹胜往年。
……

车子载着一路歌声和车上老人们的欢乐，跨过一个又一个山野，走过一个又一个村寨，一路奔驰着，向着美丽的甲茶奔驰而去。

# 四叶草

敞开是一道门，关闭也是一道门。门内，是温暖的家，门外，是冷寂的世界。

小区出入的道路不再畅通，戴着口罩的保安把桌凳搬到门外，出入都要实行登记。出门一趟回来，得量体温，体温正常才准进入。石板街很寂静，街区的多个出口都已封闭，剩下的一个出口也立了围栏，加了门岗守着。石板街不再车水马龙，不再人声鼎沸，一排一排的房子，沉着不动声色的脸，互相守望，互相凝视。

家里的外来房客，一只蜘蛛，死在了客厅墙角。死蜘蛛是二树发现的，二树匍匐在地，先是一动不动地盯着死去的蜘蛛。二树两岁半，是一只帅帅的拉布拉多。陈一树喊了一声"二树"，二树回头看陈一树，摇晃着尾巴，身体却不动。陈一树走过去，二树看着陈一树，陈一树蹲到二树旁边，跟二树一起盯着死去的蜘蛛。屋子里散发着消毒液的味道，客厅成了储物间，满地都是从超市采购来的水果、蔬菜、大米，还有二树的狗粮。电视开着没人看，母亲靠在沙发上刷手机，父亲在看书。

虽已立春，时令依旧日短夜长，午饭还未消化，夜幕就已降临。阳台对面，一栋栋房屋阴森林立，夜空飘起一片片雪花，与洒落在空旷街心的灯光遥相呼应。寂静袭人，冷风袭人，寒气袭人。父亲不再看书，低头刷手机，母亲在厨房做饭，陈一树和二树在阳台，二树的喊叫在阳台回响。

"勇敢的兄弟，让我们好好活着！"对面小区有人在唱歌，声嘶力竭，仿佛用尽了毕生精力。唱歌的是一个男人，声音凄厉高亢，回声悠远。

父亲来到阳台，站到陈一树旁边。陈一树问父亲："爸，是不是对面小区有人感染了？"父亲说："没听说啊，只听说东山上品小区有人感染。"

陈一树说："爸，那个人唱歌的声音太瘆人了。你唱一个吧，用你的歌声盖过他，我还没好好听你唱过歌呢。"

父亲看着陈一树，说："行，我就唱一个，就唱他唱的那首，俄罗斯歌曲《四叶草》。"说完，父亲跟着对面的声音哼唱起来。听着听着，陈一树发现，父亲篡改了歌词。

来，为了生命，来吧兄弟，让我们好好活着

来，为了家人，希望你好好活着的家人

来，为了生活，为了明天照耀大地的太阳

记住今天，记住和你一起隔离在家的人

新型冠状病毒笼罩在我们头上

天空飘着洁白雪花

我们都要相信，一切都将会结束

……

来，为了生命，勇敢的兄弟，让我们好好活着

来，为了家人，希望你好好活着的家人

来，为了生活，为了明天照耀大地的太阳

……

父亲不愧是文化馆的男中音，声音一起就把对面比下去了。对面不断有人从家走出，站在阳台上，凝视着陈一树家这边的阳台。有好几户人家还搬出凳子，坐到阳台上听陈一树的父亲唱歌。陈一树的父亲唱得声情并茂。

陈一树惊愕地看着父亲，他从没有听到父亲这么动情地唱过歌，有眼泪从父亲眼角溢出。陈一树伸出手，想提醒父亲抹去脸上泪水。父亲不理陈一树，继续哼唱。父亲的声音低沉，对面的声音高亢，父亲明显跟不上对面的节奏。《四叶草》唱罢，对面换了歌曲，《四叶草》换成了《喀秋莎》。父亲没有换调，仍沿着《四叶草》的曲调自编自唱。父亲在《四叶草》的旋律中加了很多他创作的歌词，父亲唱得泪流满面。陈一树看着父亲，二树也看着父亲。母亲手上抓着一把蔬菜，一脚客厅一脚阳台，蔬菜的一端有水滴出，濡湿在地板上。

陈一树对父亲说："我真想现在就回到学校去，与同学们在一起。再不回学校，我就要疯掉了。"父亲说："我也想去上班，能去吗？到处都在隔离，门都不让出。好好宅在家吧，面对病毒我们无能为力，我们也不要做给社会添乱的人。"

陈一树说："爸，我想去做志愿者，我在同学群里看到，我们很多同学回到家乡，疫情暴发后他们报名做了志愿者，城里的在社区做义工，农村的就去做防疫宣传员。"

父亲说："我没意见，要征求你妈妈的意见，非常时期，不要让妈妈为你太担心。"

陈一树不再说话，他听取了父亲的建议，又担心母亲不允许。陈一树身体侧靠着阳台栏杆，透过一排排大楼间的通道，凝望远处空旷的街道。灯光从远处洒过，透过铁栏斑驳在他身上。春节的法定假期早结束了，隔离依旧遥遥无期。等待上班，等待开学，成了此刻这个家庭梦寐以求的奢望。

街道灯火通明，不远处的胡同口风声鹤唳。

进家吧，父亲说。

风从长街直吹过来，阳台风很大，陈一树和二树还不想进家。父亲索性也陪着他们，侧靠在阳台栏杆上。父亲侧望着陈一树，二树侧望着父亲。二树的尾巴左右摇摆，柔软的毛发在风中飘逸晃动。

陈一树报名做志愿者获得了批准。上岗前，母亲认真仔细检查了陈一树的装备。母亲帮陈一树戴好口罩，戴上父亲开车用的太阳护目镜，穿上一次性雨衣改装的防护服，套上一次性鞋套。母亲把这些程序做得一丝不苟，不容半点疏漏。防护服上出现针尖大的小洞，母亲都会检查出来，用透明胶布粘好，才让陈一树出门。

陈一树和其他志愿者，协助小区物业到超市购买生活用品，分送给隔离在家的小区居民。两辆皮卡车拉着东西，载上几个志愿者穿行在空旷的大街上。皮卡车上的物资被沿街的风吹来荡去，周围一片寂静。掉了叶子的树，戴着口罩的环卫工人，流浪的小猫，站在街边发抖的小狗，偶尔极个别戴着口罩的行人，汇合成特别时期城市的众生相。陈一树仿佛看到了空气中的病毒，他正在这样的病毒间穿过。莫名其妙的紧张过后，他轻轻地松动口罩带子，长长地呼出一口气。说不清楚为什么，一股沸腾的激情从心底涌起，流入胸中，陈一树突然热泪盈眶。

一位老人买了两斤白菜，一把面条，四个馒头。老人在电话中说她腿脚不方便，走路很困难，希望志愿者能帮她将东西送到家。志愿者们你看我我看你，大家都在犹豫。陈一树鼓起勇气说："我去。"陈一树问清老人所在楼号和门牌号，提着东西向小区走去。进入小区，陈一树的心就开始怦怦跳。量过体温，走进老人所在楼门，陈一树冲进电梯，按下楼层。出电梯，陈一树将东西放在老人门前，敲了敲门，不等老人开门，转身又冲回了电梯。

陈一树的身后，门被打开一条缝，一张衰老的面孔先是从门缝里探出，打量陈一树匆匆离去的背影，推开门，提走放在门边的东西。

下雪了，雪花纷纷扬扬，落在地上却聚不起来。雪花带来了寒冷，每次搬放东西，陈一树都习惯性地要将手放到嘴边去呵气。抬起手，才发现嘴巴戴着口罩，只好赶紧将手伸进羽绒服里，贴着毛衣取暖。雪花在地上很快化成水，地上很潮湿，行走在湿滑的水泥地上，沾上水，皮鞋变得从未有过的冰凉。

薄暮时分，陈一树回到所住小区，小区内一片沉寂。消毒过的楼道，散发着浓浓的刺鼻味道。地上很湿滑，上台阶时，陈一树差点摔倒。小区楼下，陈一树不急于去打开门，他在楼门边站下来。透过朦胧的路灯，陈一树看到雪花密密麻麻飘洒到外面的土地上，雪花在湿透了的泥地上不断跳跃、融化。陈一树庆幸自己做了志愿者，能走出房间到外边来活动，要是还宅在家，就不会看到这样的风景。

二树一直守在门边，出电梯，陈一树听到了它兴奋的叫声。打开门，陈一树看到的不是二树。母亲堵在门边，将陈一树和二树隔开。母亲叫陈一树在门外把防护服脱了，把鞋脱了再进家。陈一树脱下防护服，母亲叫他挂到门外边的一颗钉子上。母亲把手上的拖鞋给他，叫他把脱下的鞋放在外面，不要穿进家。挂好防护服，脱下鞋子穿上拖鞋，一直用身体堵着门的母亲才侧身把陈一树让进屋。

二树摇着尾巴，凑近陈一树，母亲一掌推开二树，叫陈一树赶快去洗澡。母亲说，换洗的衣服都帮你放在卫生间。

陈一树在洗澡，二树守在卫生间门口，兴奋地呜呜着。父亲在厨房做菜，母亲用酒精给陈一树的防护服和鞋子消毒。

洗好澡，陈一树抱着换下的衣服，来到阳台，放进洗衣机，启动洗衣机清洗衣服。二树跟着陈一树来到阳台，听到洗衣机转动的声音，二树兴奋地叫了两声。

陈一树摸着二树的头，二树更加兴奋。对面小区的灯光从窗户透出，摇曳在明晃晃的湿地上。小区还有人在唱歌，这次是男女声小合唱，唱的是《父亲的草原母亲的河》。

吃饭时，父亲问陈一树累不累。陈一树说，不累，物业买东西，我们只是帮搬东西上车，到小区把东西从车上搬下来，按袋分好，等着小区的人来取。母亲问，不和人接触吧？陈一树说，不接触，袋子上都写有名字，看到名字，他们自己就把东西提回去了。

母亲说："最好不要和人接触，病毒太可怕了，传染性强不说，潜伏期也很长。现在都搞不清楚谁身上会携带有，人人自危，人人难保。"

父亲说："也没你说得这么可怕，只要做好防范，病毒就不会大面积传染。"

母亲说："人人都知道做好防范，人人都知道要待在家中，不胡乱走动，不给病毒有可乘之机。你想过没有，一树是志愿者，每天都要在外面走动。这么大的一个世界，你知道病毒藏在什么地方？你知道什么时候会碰上它？"

被母亲一怼，父亲不再说话，低着头自顾吃饭。母亲对陈一树说："一树，做志愿者妈不反对，但要多长个心眼。跟着大家，做点力所能及的事就行了，不要往那些有疑似病例的小区去，尽量少和外边人接触，没事就回家，不要在外边瞎逛。"

母亲说得很慎重。陈一树犹豫了一下，说："今天去长江花园小区，有一个老人不能下楼取东西，我帮她把东西送进小区，送到了她家门口。"

陈一树只顾说话，没有注意到饭桌上的变化。他说到进长江花园小区送东西，父亲和母亲都不再扒饭，甚至都不再咀嚼，停下看着他说话。说完话，陈一树才注意到，父亲母亲都还盯着他，饭桌上的气氛突然变得紧张沉闷。

陈一树补充说："没有进门，把东西放在门边就离开了，老人家什么样子我都没看到。"

父亲长长地出了一口气，母亲把碗放在桌上，盯着陈一树说："儿子，这个志愿者我们不做了，明天哪里都不要去，好好待在家。"

陈一树问为啥不去。

母亲说："我就你这么一个儿子，你万一要是染上病，我的天就塌了，我们这个家就完了。"

陈一树说他不去做志愿者，继续待在家他会发疯。他说："我会小心做好防护。"

陈一树和母亲，说着说着就吵了起来，家庭气氛突然变得很凝重。二树坐在一树和母亲中间，一会儿看看母亲，一会儿看看一树。突然，二树对着陈一树叫起来。

父亲用筷子重重敲打碗边，说："不要再吵了！"父亲说得很大声，首先停下来的是二树，二树昂着头看父亲。母亲和陈一树也停了下来，都张着嘴巴看着父亲。

父亲先安抚住母亲，转头批评了陈一树，说陈一树作为儿子，不应该跟母亲吵架，特别是在饭桌上。父亲最后要求陈一树，做志愿者为社会做奉献要保护好自己，要在保证自己充分安全的前提下，再去做力所能及的工作。

父亲说，现在城市小区居住情况复杂，人员密集，特殊时间，以后进小区送东西的事就不要做了。

在父亲的要求下，陈一树向母亲认了错，保证以后不再进小区送东西，饭桌上紧张的气氛才缓和下来。

吃好晚饭，一家人准备坐下来看电视，做好家务从厨房出来的母亲突然宣布，明天她也要去做志愿者。正在调台的父亲手拿遥控器，回头看着母亲，陈一树也不解地看着母亲，就连卧在沙发上的二树，也尖起耳朵，盯着母亲看。

母亲径直坐到陈一树和父亲中间，看着父亲说："我要跟着一树去做志愿者，有进小区送东西的事我就去做，我就这么一个儿子，不能再让他去冒险。"

陈一树和父亲你看我我看你，陈一树刚想说话，被父亲用眼神制止住。新闻联播开始了，大家都不再说话，眼睛都盯着电视屏幕。

看完新闻联播，父亲起身走进房间，出来时穿上了他平时在舞台上才穿的衣服。父亲说："同事张同森下午通过微信联系他，召集同住一个小区的同事组建了一个乐队，今晚是乐队的首场演出。"

母亲问去哪演出。父亲手指阳台说："就在我们家阳台上。"

母亲和陈一树随父亲走向阳台，二胡曲《鸿雁》的旋律从对面楼传了过来。父亲说，这是演出的前奏，是他同事张娟英拉的暖场曲。

二胡曲《鸿雁》的最后一个音符还没有被风吹散，楼上有人吹起了萨克斯，吹的是《春天的故事》。不一会儿，另一栋楼就传来女声独唱的声音……

手风琴《四叶草》的旋律响了起来，陈一树的父亲拉拉衣服，挺起胸膛，站到阳台边，跟着手风琴的旋律唱了起来。

"来，为了生命，来吧兄弟，让我们好好活着……"声音穿透陈一树家阳台，在小区的夜空中慢慢扩散……